GOBOOKS & SITAK GROUP©

GOBOOKS
& SITAK
GROUP©

三日月書版

三日月書版

輕世代
FW190
OUT KEEP OUT KEEP
PHANTOM AGENT
novel. 胡椒椒
2
幽靈代理人
illust.フジワラカイ
EP OUT KEEP OUT
三日月書版

幽靈代理人
KEEP OUT
KEEP OUT
KEEP OUT
KEEP OUT

PHANTOM

CONTENTS

AGENT

PHANTOM AGENT
主角
characters
人物介紹
有沒有搞錯啊！想找凶手復仇為啥要找我！？
又不是我害的，白痴鬼！
●年齡：17
●身高：172cm
高中生，不良少年，正處在叛逆中二期，外表凶暴，但其實容易心軟。

死鬼
PHANTOM AGENT
我想請你幫忙。奉勸你先考慮清楚，我不習慣被人拒絕。
●年齡：未知
●身高：184cm
生前是警察，精英分子，自視甚高，最常見的表情是面無表情，或是帶有優越感的冷笑。

PHANTOM AGENT
蟲哥
characters
人物介紹
組長死後，我往上頂替了他的位置，現在唯一的目標就是要揪出琛哥！
●年齡：28
●身高：189cm
警察，死鬼學弟，個性陽光開朗愛笑，有點糊塗。

幽靈代理人

PHANTOM

Chapter 1

靈魂出竅

AGENT

我的頭靠在窗框上，透過鐵格子仰望著窗外的藍天白雲。陽光和煦，清風徐來，我卻得待在這小小的空間，沒有自由，只能隔著鐵欄杆渴望外面的世界。

人不應該被關在這種水泥和鐵條搭出來的建築物裡，但我不得不待在這兒，因為我犯了錯。

我已經失去自由很久了，無拘束的生活對我來說幾乎是遙不可及。

我非常後悔關於自己所犯下的過錯，也無時無刻不在懺悔。可是一失足成千古恨，錯已鑄成，沒有挽回的餘地，終生都將為此付出代價……

「只是叫你來上課，你為何一副被判了無期徒刑的樣子？」

靠！就是這個冷到讓人牙齒發酸的聲音！就是你！沒有將你趕走就是我一輩子的錯！

我轉頭怒瞪著他，這死鬼逼著我非要來上課，浪費我生命中最多采多姿的時期！死鬼的存在就像痔瘡一樣，一旦長出來了就一輩子如影隨形，時時刻刻都能感覺到那種芒刺在屁的拘束，雖然久而久之就會習慣，但永遠不會喜歡……有誰會喜歡痔瘡呢？

「你這……」我話還沒說完，赫然想起現在正上課中，旁邊困惑恐懼的眼神投來。

我怒目而視，所有對我行注目禮的同學就像是見到凶猛掠食動物的兔子一樣，畏縮地轉頭回去繼續聽課。

我拿出課本，但找不到一支筆。我跟隔壁拿了一支後在紙上寫道：**沒事不要和我講話，會害我被當成瘋子！**

死鬼毫不在乎說道：「天氣涼爽，你說來上課可惜；天氣炎熱，你說太熱應該待在家裡；下雨的話，你又說不適合出門……對你來說，一年四季都不適合上課。」

你說對了！要不是這死鬼在一旁念個不停，誰要來啊！

我在紙上用力地寫，力道之大都入木三分了：**吵死了，別妨礙我上課！**

死鬼譏笑道：「別妨礙你睡覺？」

我懶得鳥他，既然他都說了，我就毫不客氣地趴下來繼續憨眠。

下課後，我扶著睡到落枕的脖子回家。一打開門，賤狗就跑到門口來，一方面對著死鬼撒嬌，一方面又抗議我太晚回來。

「可惡的狗！我已經為了你天天提早回家耶！害得我一點休閒時間都沒有了，你到底還有什麼不滿！」

我現在真的跟坐牢沒什麼兩樣。白天被逼著去上課之外，與我的兄弟們鬼混的時間也減少了，因為賤狗下午一定要去散步。之前我比較晚回家，沒讓牠在下午出門，賤狗便存心報復，到處亂大便。

見到我凶狠地與賤狗互瞪，死鬼在旁說風涼話：「別和007計較，牠年紀大了，也開始任性起來，而且去遛遛狗對你比較好，省得成天待在陰暗的地下室打撞球。」

可惡的死鬼！明明你就是罪魁禍首，還說得這麼理直氣壯！賤狗就是你帶來的拖油瓶！

而且由另一層面看來，死鬼比賤狗更麻煩。他像背後靈一樣整天跟在我身邊，如影隨形，強迫我上課也罷了，連我的髮型也要管。

更讓人受不了的是，因為他在，我根本沒辦法好好享受祕密時光，又不好意思跟他說我憋到蛋蛋都要爆了，因為他八成會嘴角微微勾起，一臉輕蔑地冷嘲熱諷。

我無奈地拿了狗鍊拴住賤狗的項圈，找了個不透明袋子裝鏟子。

賤狗大便很多，每次回家提著一大袋狗屎，再加上賤狗醜陋可笑的模樣，我都快變成附近人家的笑柄了。

與其說是遛狗，還不如說賤狗拖著我跑。牠每次去散步時，總是興奮地橫衝直撞，我就得使盡吃奶的力氣拉住牠，否則牠又要撲到其他狗身上了。

我氣喘吁吁地坐在長椅上，將狗鍊綁在椅腳，讓賤狗只能以狗繩的長度為範圍活動，要不然我真的會精疲力盡而死。

死鬼一派輕鬆愜意地坐在我身旁，身上的西裝一點皺紋都沒有。

他是鬼，不管再激烈的運動於他就像呼吸一樣輕鬆自在……雖然他沒有呼吸，不過看到他的樣子我就不爽。

「喂，死鬼，你之前當警察的時候應該也很忙吧，哪有時間每天帶賤狗出來散步，而且還一天兩次耶！你該不會是在唬爛我吧？」我氣沖沖地問道。

「必須承認，我並不是一個盡責的好主人。我常常徹夜不歸，因此007非常獨立，從來不會吵鬧，只能盡量有空的時候帶牠出去。」死鬼摸著賤狗的頭。

「那牠現在是怎麼回事？變成這副德行，一定是故意找我麻煩吧？」我酸溜溜問道。

「我不曉得，007似乎對你有些敵意，大概是覺得你跟牠爭寵。」

我知道死鬼又想說那番寵物間爭風吃醋的論調，打斷他說：「反正就是你沒教好，竟然讓牠以為我這個幫牠把屎把尿、餵食散步的人是同類！」

「我想這對 007 來說是全新的體驗，畢竟牠之前一直在勤務和訓練中生活，與同伴之間的相處可能也不會像你這樣。更何況牠算是位高權重的緝毒犬，在其他狗面前，自然要維持一定的威嚴，不能像現在這樣自由亂跑。」

死鬼摸著牠的下巴，賤狗滿足得直發出噁心的呼嚕聲。

我厭惡地看著牠，突然發現一件怪事。「欸，死鬼，你現在是在摸賤狗嗎？」

「你說我看起來像在做什麼？」死鬼反問道。

「不是啦！你之前不是說只能觸碰沒生命的物體和我嗎？為什麼……」

「你還真遲鈍，我以為你早就知道了。」死鬼一臉不屑看著我。

「我怎麼會知道啊！」我不爽地回他。

「你還記得前一陣子？琛哥那時候……」

記得，而且我想一輩子都不會忘記吧。死鬼纏上我，然後經歷了那一段不可思議的事。

死鬼本是刑事局緝毒組的組長，生前追查販毒組織青道幫，後來不幸死於非命。

他變成鬼魂後，又重返人間追查殺了他的凶手，由於只有我看得到他，他便要我幫忙他調查，因為靈魂體有很多事做不到。

最後，查到琛哥——也就是青道幫的堂主、最惡名昭彰的大毒梟，在碼頭有一場交易。那時，死鬼和琛哥有過一場打鬥，琛哥身懷絕技，似乎對捉鬼擒妖很有一套，死鬼為了救我，被打得差點魂飛魄散。

而那時，也知道殺了死鬼的是一名緝毒組同事，他和琛哥利益交換出賣了緝毒組，最後死在琛哥手上。但他死前說出了驚人內幕，看來，內賊不僅僅是他一人而已，幕後主使另有其人。

因此，死鬼回了趟地獄，與閻羅王據理力爭後，終於又獲得在人間的一段時間，直到他找出幕後主使為止。所以死鬼又纏上了我，不過看在他和賤狗都救過我一命的分上，我才忍氣吞聲，繼續被他們壓榨。

「那時候，你應該也看到我和琛哥的決鬥。若是我無法碰觸到他，怎麼能攻擊他？」

仔細想想，還真的是這樣！不過那時候情況危急，我根本沒注意到，而之後……也沒注意到，直到今天。

「為什麼會這樣？你該不會真的吸收了什麼陽氣還是日月精華之類的，然後就越來越厲害了吧？」我隨口問道。

「你最近會覺得身體逐漸衰弱嗎？」死鬼盯著我，臉色詭譎。

我思考了一下，恍然大悟，連忙倒退幾步，驚恐地問道：「你、你該不會真的吸我的陽氣，然後想要幹嘛吧？」

死鬼露出不耐煩的樣子：「我希望你可以多利用腦袋，毫無裝飾效果的話至少也要能使用。我是鬼，陽氣重的地方都會讓我不舒服，你想我要如何吸收陽氣？」

「……呃，算了。那你說怎麼會這樣！」

死鬼思忖道：「我不清楚，可能是開始習慣這種型態，所以可以發揮力量。現在離你不要太遠的地方我都能實體化，而且開始可以觸摸其他生物。」

臥槽！現在才知道鬼魂也會進化！我興致盎然地問道：「那麼你還有其他功能嗎？例如說發射靈彈或是隔空取物之類的？」

「抱歉無法如你所願，我是鬼，不是超能力者。」死鬼停頓了一下，然後道：「007要跑走了。」

我一轉頭，正好看到賤狗的繩子脫離椅腳的瞬間。我急忙伸手去撈，抓了個空，只好跳起來追了過去。

回頭一看，死鬼不慌不忙地站起來，我不禁大罵道：「你還不來幫忙！到時候賤狗隨隨便便上了其他的狗還是害別人心臟病發就完蛋了！我一定會賠死的！」

我在賤狗身後追趕，不得不再一次佩服牠，年紀這麼大還健步如飛，真是……他媽的！而且從背後看，賤狗身上鬆弛的皮膚隨著牠的步伐上下搧動，讓我有種錯覺，牠好像快要飛起來似的。

我幾乎穿越了大半個公園，賤狗又鑽進樹林當中，左彎右拐地根本抓不到。

正當我想放棄時，赫然看到前方是一排約我腰際高的灌木叢。賤狗雖然也有我腰際高，但憑牠的體重一定跳不過去！果不其然，賤狗在灌木前停了下來。

然而就在我沾沾自喜時，竟看到賤狗蹲低身體，準備跳過去了。

我趕緊加快速度，要是讓牠跳過了要怎麼抓啊！我已經筋疲力盡了，一定要在牠跳過去前抓到牠。

在賤狗跳起的剎那，驟然一隻手從旁進入我的視線裡，抓住了賤狗的繩子。想當然耳，那一定是死鬼。

我一時煞車不及，只見死鬼張開手來像是要扶住我，然後便狠狠地撞上去了……

頭像是被投球機發出的快速球直接K到，腦漿都要從耳朵裡噴出來了。我昏昏沉沉倒地，心想頭蓋骨八成凹下去了。

「喂，醒醒！」

我一下子睜開眼睛，只看見一堆樹冠，橘紅色的夕陽從沒有樹木遮蔽的那一方灑落在臉上。還有點懵懵懂懂地記不得發生什麼事了，死鬼湊過來，一臉擔心問：「你沒事吧？能講話嗎？」

我躺在地上，死鬼一隻手托著我的上半身。我眨了眨眼睛，說道：「沒事，只是有點頭暈腦脹，剛剛……」

我仔細地想，才想起剛剛為了逮賤狗，和死鬼撞得天翻地覆的。

死鬼是哪練的鐵頭功啊？撞了一下讓我恍神這麼久，我甩甩頭試圖站起身。痛死了！剛剛一定是和死鬼頭撞頭了，他應該是實體化想拉住賤狗，結果卻撞上我。

「你還好吧？」看我坐起來，死鬼臉色看起來非常詭異。

「廢話，我只是被你撞到，又不是被卡車撞到，還會有什麼事？」可惡，身體感覺輕飄飄的，腳步也很虛浮。

「這可能比被卡車撞到還嚴重……」死鬼喃喃說著。

「你在講啥屁話啊？」我不知道死鬼在碎碎念什麼，掙開了他的手站穩身體。身體的感覺很奇怪，很不真實，人似乎都快飄起來了。

看死鬼還跪在地上發愣，我不由得心生懷疑，該不會是剛剛把死鬼的腦袋也撞得不靈光了吧？我小心翼翼問道：「死鬼，你怎樣？撞到頭了嗎？」

我這時才注意到，死鬼身後竟然多伸出一雙腳來。

死鬼慢慢移開身體，我才看清楚，原來是他身後竟躺了一個人。

我驚魂未定地撫著胸口，罵道：「嚇死我了，你幹嘛不說後面有人！他怎麼了？昏倒了嗎？」

死鬼遲疑道：「如果是『他』的話，我可以確定他昏倒了。」

死鬼從剛剛開始就怪裡怪氣的。我逕自繞過他，問道：「他怎麼了？」

咦，那人穿著制服，原來跟我同校。我走到那人旁邊蹲下來：「喂……」

我只說了個「喂」就說不下去了，手僵在半空中，收也不是，放也不是。我張大著嘴，這時我的眼睛八成也瞪得和嘴差不多大了。

死鬼走到我身後，慢慢說道：「你先別著急，應該是剛剛的意外讓你……」

「讓我分裂了嗎?!」我跳起來，指著地上那人不可置信地大叫。

沒錯，躺在地上的那個人，是我。

「還是，他是我失散多年的雙胞胎兄弟？」我的腦袋糊成一片。

「都不是。你應該是靈魂出竅了。」死鬼沉吟道。

「所、所以，在地上那個是我的靈魂?!」

「那是你的身體。」死鬼轉過來盯著我道：「你才是靈魂。」

「放你媽的屁！」我難得迅速地第一時間反駁他，跟死鬼在一起久了，已經沒那麼容易被他唬住了。

「我知道你很難接受，不過這是事實。」死鬼毫不留情地說，「不相信你可以試試看。」

「試什麼?那只是個和我長得很像的人倒在那邊罷了。不是說在世界上會有三個還五個和自己長得一樣的人嗎？」

我知道死鬼不會開這種玩笑，他的臉色凝重，半點不像開玩笑。

「你放心，你應該只是暫時靈魂出竅，我剛剛看過了，你的身體還有呼吸心跳，應該……回去就行了。」死鬼像是想安撫我似地說著。

我再度蹲了下來，地上那人胸膛輕微地上下起伏，伴隨著呼吸聲。我仔細地看，果然長得跟我一模一樣。可是，那真的是我嗎？

我眼光掃到那人的腿，以前我騎腳踏車時曾摔傷，在腳踝上留下一道怵目驚心的疤痕。我慢慢伸過手去，想掀開他的褲管確認，結果手穿了過去。

我慌忙地東撈西撈，卻碰不到地上那人半點肌膚。我不死心，看見賤狗就坐在一旁，我伸手去抓牠，牠躲也沒躲，就讓我這樣抓了上去……沒碰到。

賤狗看著我及地上的人，露出不解的模樣，八成是在想這討厭鬼怎麼變兩個了？

死鬼走了過來，伸手揭開躺在地上的我的褲管。一條像是蟲子盤據的淡色疤痕赫然出現，是那個陪我長大的傷疤。

我頹喪地坐到地上，終於了解從醒來到現在，身上的那種違和感是哪來的了。

「搞什麼啊！我一定是和你在一起太久了才會這樣，可能是長期的陰陽失調，所以造成陰體和陽體分離之類的。你老實說，你是不是在吸我的陽氣？」我不滿地對著死鬼抱怨道。

死鬼喝道：「別讓人笑掉大牙，我還沒聽說過會有這種毛病。現在當務之急，你必須盡快回去身體裡，我可不保證你離開太久會發生什麼事。你的身體呼吸好像漸漸減弱了。」

「怎麼回去？要點蠟燭念咒語嗎？」我自暴自棄地說。

「如果你想的話可以試試。」死鬼說道：「別浪費時間，我想，你先試著躺回去好了。」

躺回去……我往地上那人身上一躺，問道：「是這樣嗎？」

死鬼皺眉道：「不是，你躺歪了，應該要盡量保持同樣姿勢才能讓靈魂和肉體波長一致。」

他說著一把拉起我，將地上的我的身體扳正、手腳放好後說道：「你再試一次看看。」

我再度躺下去，死鬼指揮著我頭靠過去一點還是腳併起來一點，嘗試了老半天，終於他說：「可以了，別動！」

我屏氣凝神，閉上眼睛，等待回歸的一刻。但等了很久，我還是沒有回去的跡象。

我張開眼睛問道：「我回去了嗎？」

死鬼肅然道：「沒有。」

我從地上跳起來，暴跳如雷：「你要我啊！我到底要怎樣才能回去？我先跟你說，要是發生什麼意外，你一定要負責到底！」

死鬼嘆了口氣道：「我也沒辦法，你覺得我看過很多這種情況？」

「你之前在緝毒組應該看過很多吸毒犯吧？大家不是說，吸了之後會全身輕飄飄、像靈魂出竅一樣嗎？」我懷抱著希望說著。

「他們都去了勒戒所，或是監獄。」死鬼冷漠道。

「靠！再這樣下去，我進勒戒所之前就要先進棺材了啦！我不想當處男當到死啊！」我大叫。

「你現在到底是想回去身體還是想繼續胡鬧？」

「……回去。」憑著我的靈魂體，能做些什麼啊？

「我是不了解處男的心情……」死鬼嘲笑著我，突然眉頭一緊，說道：「出現痙攣了！」

只見我的身體開始一抽一抽地不住發顫。我不曉得那代表什麼，不過看死鬼的表情就知道事情大條了。

「沒辦法了，等你回到身體裡可能就太晚了！現在還是趕快先送醫。」死鬼蹲下扶起我的身體。

我想幫忙，但我現在能碰的東西就只有身為鬼魂的死鬼……就某種意義上來說，我們是同類吧。

「你趕快帶著007走出去，讓007找人來幫忙！」死鬼說道。

我趕緊叫了賤狗一起走。剛跑出去沒幾步，我就見到前方有個人走了過來。我興奮地回頭大叫：「有人來了！」

死鬼連忙放下我的身體。賤狗還不停往前奔跑，牠跑到那人面前，停下來不住汪汪亂吠。

「賤狗！你這樣會把人家嚇跑啦！」我大叫著，但賤狗依然對著那個人狂叫。

「等等，好像不太對勁……」死鬼皺眉。

那個人完全不顧賤狗的凶惡模樣，自顧自地往前走，然後穿過了賤狗的身體！

死鬼臉色大變，道：「那不是人，是鬼魂！」

我凝神一看，只見那人雙目無神，臉色死白，腳離地起碼有十公分，一路飄過來。又是個死阿飄！

「他他他來幹嘛?!」我牙齒不斷打顫，心裡有不好的預感。

「應該是來奪取身體的，你的身體現在只是一個無主空殼，隨隨便便來個孤魂野鬼都可以上你的身。」

「那為什麼我這個身體的主人卻回不去啊?!」我還真是衰，靈魂出竅一次就要被鬼上身了。忽地，我腦中閃過一個想法，連忙道：「死鬼，你也算是孤魂野鬼吧！那你上得了我的身嗎？」

「什麼？」

「我是說，要是你上了我的身，那個傢伙就沒辦法進來了吧？」

我一想到那個傢伙要進入我的身體裡為所欲為，就一陣噁心。與其這樣，還不如讓死鬼……

「我不要。」死鬼斷然拒絕。「這樣感覺像是穿別人穿過的襪子……」

「現在還管得了這麼多啊！你要是不進去我就死定了！別龜毛了啦，在這種性命攸關的時候誰在乎你的潔癖！」我焦急催促他，「拜託啦，你想看我翹辮子、然後在黃泉再會嗎？」

死鬼盯著我沒說話，臉上的表情複雜。沒多久，他嘆了口氣：「我試試看。」他說完便坐了下來，眼睛閉上，一口氣躺下去。

我看得目瞪口呆，死鬼竟然在躺下去的瞬間就消失了！良久，我的身體猛然彈了一下，害得我差點沒跳起來！我忐忑不安地看著，心裡七上八下。雖然靈魂體沒有心跳，但我的緊張感絕對不是假的。

「我」的眼睫驀地顫動了一下，眼睛緩緩地睜開了。

我緊張地看著「我」，「我」眨了眨眼睛，像是感到懷疑般，左右看了一下。看到我時，「我」嘴角牽起一絲微笑：「沒想到，還真的有用。」

我像被雷劈到般後退了一步，雖然臉不同，但那種講話的語氣、那種笑起來的輕蔑神態、眼光投射在我身上的感覺……絕對是死鬼！

我忽然想起那個想要鳩占鵲巢的傢伙，警戒地向身後看，那傢伙已經不見蹤影了。

我將注意力轉回來，試著問道：「呃，死鬼？是你吧？」

「我」……不，應該說是死鬼，發出一聲冷笑道：「不是我會是誰？」

雖然很像他，但我還是得要確定才行，誰知道會不會是剛剛那個孤魂野鬼搶先一步進去了？

「我問你，你為什麼會在這裡？」

「帶 007 來散步。」

我打斷他道：「不是啦，我是問你為什麼會從地獄回到這來？」

他嘆了口氣道：「你這時候倒是特別有警覺性。」他邊說邊坐了起來，看起來似乎很難活動的樣子，「我被殺了，來找內賊，這樣你滿意了？」

我繼續追問道：「那隻賤狗叫什麼名字？是什麼身分？」

「007是一隻戰績輝煌、受人尊敬的緝毒犬。」他認真說道。

「屁啦！哪裡……算了，我最愛的AV女優是誰？」

他作勢思考了一下道：「就我所知……好吧，我不知道。」

「哈哈，我沒和你說過你怎麼知道？那你說，你最喜歡的AV女優是誰？」

「我不看那些東西。」他斬釘截鐵地回答。「之前你去我家也勘查過了。若是你不相信，我們再去一次……」

我不耐煩打斷他：「好了好了，我知道了。」這下我可以百分之百確定他是死鬼了，「話說回來，你的聲音怎麼聽起來這麼奇怪？」

「你應該說奇怪的是你的聲音，自己聽自己說話的聲音，和別人聽起來是不一樣的。」死鬼用他一貫的冷淡語氣說道，但聲音完全不一樣。

「屁啦！最好我的聲音這麼奇怪！」我不禁一陣雞皮疙瘩竄上來，和自己同樣的臉說話還真夠毛骨悚然的。「總而言之，總算是暫時解決眼前的麻煩了。不！還沒！

你說，我到底要怎麼回去啊？」

死鬼微微蹙著眉頭——用我的臉！看起來一副憂鬱文藝青年的樣子，真夠噁心的！

想想我還真是可悲，竟然會覺得自己的臉噁心。

「我也不知道，我想只能暫時保持這樣子。你的靈魂離身體太久了，可能會無法維持身體機能，而你又莫名其妙地回不去，只能先這樣了。」死鬼看起來也很不滿。

「在我的身體裡你有什麼好不高興的！我粗聲粗氣地說：「那就先暫時這樣吧，我先警告你喔，你可別打什麼歪主意……」

「你怕我用你的身體做壞事？」死鬼一臉陰險奸笑道。

「我是怕你趁機會奪取我的身體就不還我了！我跟你說，你要是這樣一定會下地獄！」

「我不會那樣做的。」死鬼邊說邊嘗試站起身來，「不行，身體好重，我已經習慣以鬼魂的型態行動了，突然有了身體……」

死鬼坐在草皮上，艱難地動了動手指頭道：「我需要點時間習慣才行。之前一直希望能有個身體讓我復仇，現在有了卻覺得麻煩。」

一旁幾個路人走過，驚詫地看著坐在地上的「我」和賤狗，牠龐大的身軀無論走到何處都能輕易成為焦點。

我等那些人遠離之後才伸手去拉死鬼。「靠！那是老子的身體耶！你嫌什麼麻煩？」拉住死鬼時愣了一下，問道：「我可以碰到你耶。」

「你拉著的是我的靈體，而不是你的身體。再等一下，感覺有些神經可能還沒連接上。」死鬼動了動手腳。

靠！又不是機器戰警！

死鬼慢慢地站了起來，深深吸了口氣：「重新擁有身體的感覺真是奇妙，我能呼吸，甚至還能聽到心跳，還可以感到風吹拂過皮膚，還有這笨重遲鈍的感覺，甚至和我在生前的感覺都不一樣。」

「我也能感覺到啊，這有什麼了不起的……咦？」這時才察覺不對勁，問道：「為什麼我變成靈魂體還有感覺啊？我還是覺得腿痠得要命，頭也會痛。」

「我想可能是你的靈魂和身體還有聯繫。」死鬼思索道。

「那也太噁心了吧，這不就代表你有的感覺我也會有？我明明都從身體脫離出來了。」我厭惡道。

「這我也沒辦法，你以為我喜歡這樣？」死鬼聳聳肩道，「我才覺得不舒服，待在你這乳臭未乾的小鬼身體裡……就像洗完澡又穿回髒衣服一樣。」

我不滿地大聲抗議：「你還真是顧人怨耶，幹嘛一定要表現得那麼機車？至少在我的身體裡拜託你別再用那瞧不起人的神態，到時候我回到自己身體後可能連鏡子都不想看了，省得一看到自己的臉就想到你。」

「這對我來說真是天大的侮辱。」死鬼雙手抱胸評論道。

「神經病！」我啐道，然後想起死鬼很久沒體會當人了，說不定這是個讓他重溫自己還是個討厭的人時的感覺。我興沖沖道：「對了，你有沒有想做的事？那種有了身體之後才能做的事，我大發慈悲，讓你免費借用。」

死鬼雙手撐著草地，試圖站起來。「現在這具身體掌控在我，所以使用與否……」

我立刻打斷他，凶狠地道：「喂！我警告你，可別想做什麼限制級的事！身體一樣是我的，我叫你出來就得出來！」

死鬼看似無奈，敷衍地揮了揮手。「我不會做任何沒品味的事，至少你會做的事都不在我的願望範圍內。」

死鬼喚了聲007，賤狗便興奮地跑了過來在他腳邊打轉。我看著死鬼一臉溫柔地看著賤狗……用我的臉！而賤狗也一反常態，對「我」非常和顏悅色，看來牠也知道在那身體裡的是死鬼。

可惡的賤狗！平常我牽牠的時候，牠一定到處亂跑，而現在換了死鬼，牠就那副諂媚到不行的德性。

我看著他們兩個父慈狗孝的溫馨氣氛，不禁打了個冷顫。雖然一直抱怨賤狗不聽我的話，但一想到會變成那副噁心的樣子，還是覺得我和賤狗維持目前的關係就好了。

回到家裡，賤狗依然興奮地圍著死鬼，一鬼一狗不厭其煩地繼續上演溫馨芭樂家庭劇。我躺在床上，想看電視卻連遙控器都沒辦法拿。

「喂，死鬼，我們現在試試看我能不能回去了。」沒身體真的很不方便，叫死鬼幫我轉臺，他只會轉到新聞臺。

死鬼將賤狗帶到陽臺去，進來後便躺在床上，眼睛一閉，我就看到死鬼慢慢地從我的身體裡浮了出來。

「沒想到你看起來還挺熟練的嘛！我本來以為看你剛進去那樣子，大概出來也會很困難。」我驚嘆道。

「有什麼困難，把這些累贅脫掉還不容易？只不過我想等一下我又得回去了。」死鬼一臉嫌棄道。

我充耳不聞地在床上我的身體躺下，喬好位置後閉上眼睛讓自己集中精神，努力地想著：快回去！快回去！

過了半晌，我動了動手指覺得很正常，開口問道：「死鬼，我回去了嗎？」

「沒有，還差得遠。」死鬼的聲音從下方傳來。

咦？下面？我睜開眼睛一看，才發現我已經飄到半空中，鼻尖都貼著天花板了。

而死鬼坐在沙發上翹著二郎腿，好整以暇地仰頭而笑。

「靠！」我破口大罵，一邊努力讓自己回到地面上，「我已經很認真了耶，為什麼還是回不去？為什麼你輕鬆自在地就可以進去？」

「悟性不同吧。」死鬼歪頭思考了會兒，「你進去時會感覺像在穿一件合身的衣服一樣，從手指開始，一隻一隻地被包裹住，再來是手掌，然後是手腕……」

「衣服哪有套手指頭這部分。」

「這是比喻。你沒有這種感覺？然後就像是全身被包覆住了那樣。」

他的描述非常具體真實，但……我搖頭道：「完全沒感覺。」

死鬼手撐在額間，搖頭道：「你還真是蠢得無藥可救了，明明是很容易的事。你照我說的再試一次，想像自己在穿衣服，專心一點！」

第二次……還是失敗。

我垂頭喪氣道：「算了，這種事不能強求，你還是先進去吧，要不然我的身體等一下又要開始皮皮剉了。」

看到死鬼輕鬆地進去了，我還是忍不住抱怨道：「那可是我的身體耶，竟然連跟它相處了十幾年的主人都不認得！」

「我一點都不意外。」死鬼坐起身用我的臉冷笑著，看起來依舊討人厭，「你這樣渾渾噩噩地過了這麼多年，現在終於有點自覺了？」

我摀著耳朵避免聽到他的廢話。「吵死了！我只是還不適應這樣子！你當鬼當了這麼久，當然熟能生巧啊！」

「我可沒學過附身，但還是比你這個身體的主人要來得強多了。」死鬼站在床邊，居高臨下看著我。「我要去洗澡了，折騰了一天，你身上真是髒死了。」

「隨便你啦，你愛洗就洗！神經病，每天都要洗澡……」

死鬼拿了換洗衣物進了浴室。這麼愛嫌髒，反正髒的是我的身體又不是他的……

等等！是我的身體耶！

我連忙衝到浴室門口，穿過門板，只見死鬼坐在浴缸旁正在放水，他抬頭問道：「你進來做什麼？偷看我洗澡嗎？」

「什、什麼偷看！那是我的身體耶！」我義正辭嚴地說，「而且，你要這樣洗嗎？好像怪怪的……」

「那你要我怎麼洗？」死鬼嗤笑了一聲，非常自然地脫光衣服之後，扭開蓮蓬頭開始沖澡。

我只好在一旁焦急地看著死鬼洗澡，也不曉得自己在緊張些什麼。

死鬼倒了洗髮精開始搓洗，看起來非常正常，但是……

我衝了出去，實在無法眼睜睜地看著自己洗澡。身為靈魂體竟然還可以覺得臉在發燙……媽的！一定是熱氣蒸騰的關係，所以才會產生這種錯覺。

我還可以聽到死鬼從浴室傳出的輕笑聲，媽的！

死鬼悠閒地泡了個長長的澡，我在外面都可以感受到全身毛孔都張開了的那種暢快感，搞得我昏昏欲睡。沒想到身為靈魂體竟然還是會想睡覺？

我盤算著變成靈魂體有什麼事可以做，搶銀行不行，穿進金庫裡只能望錢興嘆，根本不能拿。雖然有了穿牆絕技，但一點鳥用都沒有，大概只能去看看免費電影罷了。

咦?!怎麼現在才想到，不能拿但可以看啊！我頓時蠢蠢欲動起來，可是偷窺這種事著實有點沒水準，讓人左右為難。

我的良心與色心不斷交戰，此時浴室門鎖轉動的聲音傳來，我慌張地趕緊躺好，裝作若無其事的樣子。

死鬼伴隨著蒸騰熱氣步出浴室，一手還拿著毛巾擦頭髮，輕鬆地說：「我還真得要謝謝你，讓我有機會能再度感覺這些身為人才有的特權。對了，你……」

我連忙打斷他：「停，不准對我的身材有任何評論！」

「你也太神經質了，你的身體沒有任何值得評論之處。」他一臉不以為然道。

「哇靠，你沒看到我平時隱藏在衣服下的肌肉？你以為每個高中生都和我一樣擁有結實的腹肌和二頭肌嗎?!」

死鬼露出一抹輕蔑的笑容。「如果你稱之為『肌肉』的話。我想起一件在生前就想做卻一直沒時間做的事。」

「三小？做一個謙遜慈悲的人？」我沒好氣地問。

「剛剛洗了澡才讓我想起的，我想去泡溫泉。」

我粗聲粗氣地說：「不要，我才不去！洗澡在家裡洗就夠啦，我真搞不清楚為什麼有人要特地花錢去荒山野嶺洗澡。」

「不同的溫泉有不同的療效，我看你可能需要去泡泡具有舒緩神經、放鬆心情效果的溫泉。」死鬼煞有其事道。

我撇嘴道：「麻煩死了，去買溫泉粉來加在浴缸裡就好啦！大賣場就有賣，而且還有各式各樣不同香味的咧，要不然買沙○隆我看也差不多。」

死鬼雙手插在褲袋裡，裝模作樣地說：「在荒山野嶺泡溫泉可是別有一番風情，朦朧霧氣中襯著夜空和山景，可是比白天看到的風景更美。霧裡看花雖然看不清楚，但霧裡看人說不定可以讓你順眼一點。」

靠！你就是想說我現在見不得人！我在背後比了個中指，粗聲道：「真沒想到你竟然是喜歡泡溫泉的那種人，我看錯你了。反正我不去啦！」

「你不去當然可以。不過你別忘了，現在身體的主控權在我手上，你確定我不會做出任何……你知道的。」死鬼陰森森道。

我暴跳如雷：「你真是太卑鄙了！我就知道你一定想為非作歹，你該不會是想泡溫泉把美眉吧?!」

「你的腦袋還真是裝滿了齷齪思想。若你擔心我會做出不當行為就跟來吧，誰知道我會不會到了那裡後就突然想做些什麼了？」死鬼不懷好意地說著，一臉奸詐，連我看了都想揍自己一拳。

別以為我會讓你用我的身體招搖撞騙！我心不甘情不願地說：「去就去！我要去監視你，省得你用我的身體亂搞！」

我又嚴正警告死鬼道：「你只是暫時借用我的身體，你可別忘了，遲早有一天我會回去的，你別到時候想霸著不還。」

死鬼露出明顯厭惡的樣子：「我不會霸著你的身體的，與其讓我活在這具軀體裡，我更希望物歸原主，你的長相和我的審美觀還有一段差距……」

「隨便你愛怎麼說啦！」

接著，死鬼便興致勃勃地上網查資料，查到了一處據說是「風景美、氣氛佳」的溫泉旅館，因此，這個假日的溫泉之旅就這樣拍板定案了。

PHANTOM

Chapter 2

見鬼 part2

AGENT

隔天傍晚我們準備出發，預計晚上八點到達目的地先享受料理和溫泉，清爽地睡一覺後明天再盡情遊覽。

出門前，我發現了個讓人難以接受的事實。

「這是怎麼回事？你給我說清楚！」我瞪著在地上的那一坨東西，疾言厲色地問著死鬼。

賤狗正跟我們的行李坐在一起，在我指著牠時還很無聊似地打了個哈欠，真是欠揍到了極點！不過過去跟牠幾次交手，我全數敗下陣來，因此只好忍著想要扁牠的衝動。

死鬼擺出一副理所當然的態度：「007 本來就要和我們一起去。我昨天沒跟你說？」

我敢用生命保證死鬼要是提過隻字片語有關賤狗會一起去，我絕對不會到今天才知道！

我咬牙切齒地說：「喂，你有沒有常識啊？溫泉旅館那種地方怎麼能帶狗去？難不成要讓牠跟大家一起去泡露天大浴池嗎？」

噁，一想到要跟賤狗泡在一缸水裡，我寧願跳進汙水處理槽。賤狗腸胃不好，誰知道牠在水裡會不會狂放屁？

「你放心，那間旅館的賣點就是寵物可以與主人同樂，有寵物專用溫泉及寵物娛樂室，還有專門廚師料理寵物餐點，你不用擔心 007。」死鬼一臉賤樣地說。

「我是擔心我的好心情會被牠破壞殆盡！沒想到去了這麼遠的地方還不能擺脫牠。」我沮喪地道。

賤狗發出「噢嗚」的聲音，還很不屑地伸出後腳搔牠頭上鬆垮垮的皮。

「007 一生征戰沙場，功勳彪炳，一輩子都沒能好好享樂過。難得拜你所賜有此機會，希望你不要介意。」死鬼一臉誠懇地說。

靠！以為對我用硬的不行就來軟的嗎？以為軟的我就吃嗎?!

……我的確吃這一套。內心天人交戰了片刻，實在無法抵擋死鬼的攻勢，只能憤憤道：「好啦，隨便你！要是賤狗幹了什麼事被趕出去，那都是你的責任！」

就這樣，死鬼提著行李牽著賤狗，我則兩手空空，一群人浩浩蕩蕩地到了……樓下停車場。

看著死鬼拿出我的空軍一號車鑰匙和安全帽，我狐疑地問他：「你該不會要騎車去吧？」

「是啊。」死鬼打開車座椅放行李。

「喂，大哥，你之前不是說我未成年不能騎車嗎？那你現在在幹嘛？」我扠著手站三七步問道。

死鬼戴上安全帽：「那是你，我可是成年很久了，你還在包尿布時我就考取駕照了，況且我對自己的技術也有信心。」

我掐指算了下年齡，馬上知道這死鬼又在唬爛。「是啊，你在十歲的時候就有駕照了！問題是你用的還是我的身體，到時候被開單你可不要藉口說擁有三十歲的靈魂。而且我們這樣算三貼耶，你確定你真的行嗎？」

我實在不太相信死鬼，要是他摔車倒楣的也是我的青春肉體！

「我會避開有交警臨檢的路段，我想，你要擔心的應該是自己。」死鬼一臉等著看好戲的樣子，「你可以坐車？」

他這一說我才赫然想起，當初死鬼剛變成鬼的時候，一直沒辦法乘坐交通工具，因為會掉出去。不曉得我有沒有這種問題？我坐上機車後座跳了跳，屁股非常穩妥地保持在坐墊上，感覺非常良好。

「靜止狀態當然沒什麼大礙，問題是發動以後。」死鬼警告我，「我先騎一段試試。」

死鬼騎上車，讓賤狗先待在一旁。他發動後說道：「抓緊，你這樣很危險。」

「危險什麼？」我不屑地啐道。「後座安全得很，車尾把手只是裝飾用的，更何況我現在就算摔出去——f*ck！」

死鬼沒通知我一聲突然就往前衝，結果我整個人飛了出去……

天啊，成為靈魂時對於風的抵抗力真是減弱了，只是騎車時迎面而來的風就可以將我颳飛了！

「你知道我的意思了吧？」死鬼睥睨著我，一副「我早料到會這樣」的機歪表情。

死鬼讓賤狗坐在前面踏腳處……我真不曉得他讓這龐然大物坐在前面，他哪還有地方放腳啊？他兩腳撐著地，轉頭示意我上車。

我這次學乖了，一上車便緊緊抓著車後扶手。

「你這樣不行吧？抓著我。」死鬼從安全帽裡說出的話，聽起來有些模糊不清。

我遲疑了一下，想想還是安全第一，放開了扶手轉到死鬼的背上。

死鬼腳離地那一剎那，我還注意到他用鞋尖靈活地撥開了賤狗攤成一片的皮，找到了能稍微放腳的地方。

車一駛動，我下意識地抓緊了死鬼，那風壓對我來說還是太強，我只好再改變姿勢，抱住死鬼的腰。

車子出乎意料地平穩，死鬼騎得很快卻沒什麼顛簸。身為靈魂，還是可以感到從他背後傳來的溫暖，我迷迷糊糊地看著「我」的背影，睡意漸漸上湧……

「醒醒，已經到了。」

我睡眼惺忪地抬起頭來，察覺到周圍不同於城市的環境，涼颼颼的空氣混著樹葉的氣味，只有風吹過樹梢的沙沙聲，還有此起彼落的蟲鳴。

死鬼跨下車，讓我失去了靠墊差點沒往前翻。

「相信你做了個美夢，口水都快流出來了。」

死鬼兩臂交叉在胸前，一臉批判地看著我。賤狗也站在他身旁附和著，發出很瞧不起人的聲音。

我悻悻然地下車看著他打開車座拿出行李，才發現不遠處的樹林中閃爍著燈光，在黑暗的林子裡顯得特別耀眼。我瞄瞄周圍，這裡是個停車場，車位幾乎停滿了，讓我有些咋舌。

我們爬上蜿蜒的石子路，兩旁立著紅色的燈柱，微黃的燈光下有一堆小蟲飛舞著。隨著我們的行進，那間旅館慢慢出現在路的盡頭。

看到它的全貌時，我不禁仰頭張大著嘴巴說不出話來。

「那……這實在是……」我結巴著。

「很不錯吧，非常古色古香且宏偉的建築。」

「不錯你的頭啦！那不叫古色古香，根本是古老好不好！」我指著那間旅館大叫。

死鬼只有「古」說對了，這根本是一間破舊的老旅館嘛！

雖然看起來很大，但它在風中似乎搖搖欲墜，還隱隱透出詭異的燈光，木製外牆的油漆已經斑駁脫落了。風吹過時，掛在門口的招牌還會輕輕地晃動，發出吱呀吱呀的聲音。整棟建築物籠罩在一股陰森森的氣氛當中。

「這是鬼屋吧？你其實是計畫要給我來個鬼屋洗禮吧？」我逼問著死鬼。

「雖然外表不起眼，但它的溫泉和料理評價都很不錯。不能只看外表就妄下結論。」死鬼面對著旅館，看起來似乎挺高興的。

我跟在死鬼後面，膽戰心驚地走進旅館。

裡面倒是燈火通明，裝潢……與其說有特色不如說奇怪。

走進玄關，大門口掛著布簾，上面畫著大大的溫泉標誌，看起來就很有日本味，但裡頭兩旁的架子上卻放著像是非洲原住民的雕刻和小丑陶瓷像，都以非常誇張扭曲的姿勢互相交錯著。

走廊兩邊擺滿了與人等高的復活島巨石像，中間還穿插著些巨大葉片的熱帶植物，將燈光都遮蔽了，詭異的陰影將走在中間的人團團包圍，讓人覺得好像走在熱帶叢林當中，四周草木皆兵。

賤狗對著那些恐怖的雕像不停地吠叫，連死鬼叫牠安靜都不聽。這倒是很稀奇，牠向來對死鬼唯命是從，今天被那些恐怖雕像搞得神經兮兮，可見這地方一定有問題！

「歡迎光臨……」

好像有什麼聲音？我和死鬼一起轉身，但身後一片空蕩蕩，只有那些奇形怪狀的雕像，嘴巴張得老大，似乎在痛苦地吶喊。

「怎、怎麼回事啊？這裡也他媽的太奇怪了。」我小聲地問著死鬼。死鬼只聳聳肩，不曉得是贊成還是反對。

我們轉回去打算要繼續往前時，一個恐怖的身影赫然出現在眼前，一雙野獸般發黃的眼睛在黑暗中發光。那一瞬間，我還以為心臟都要停了，喉嚨只能發出像噎到的聲音。

賤狗對著那東西狂吠個不停，難得看到牠這麼不聽話，平常牠只會對我這種態度而已。

死鬼非常鎮定地開口道：「妳就是老闆娘吧?妳好。」

一個看起來很普通的女人從陰影中浮現，臉上堆滿營業用的笑容。

「歡迎光臨。本來你說只是高中生時我還不太相信，沒想到真的是個年輕人呢！你怎麼會想來這邊度假？」她聒噪地說個不停。

老闆娘領著我們，在奇怪裝潢的走廊間穿梭，一邊介紹那是羅馬尼亞的吸血鬼德古拉等人高塑像，這是從美國帶回的《變形金剛》裡縮小百分之五十的大黃蜂，還有從天花板上垂吊下來的是中國西南部某個少數民族下咒用的黑色小木偶……

賤狗還是一路走一路吠，看來這些奇形怪狀的東西也嚇到牠了。我暗自記了起來，終於被我抓到把柄，長久以來被欺壓的生活就要結束，到時候回家也買一些來嚇死牠，看牠還能不能耀武揚威！

走過迴廊，我看見牆壁上掛著一張髒兮兮的大漁網，是暗褐色的繩子編的，網子上還裝飾著桃木劍和奇怪的符咒，搞得一整個煙霧繚繞、莊嚴肅穆的氣氛。

「那是我們珍藏的捉鬼網。」老闆娘解釋道，「還有那桃木劍，都是具有法力的東西。」

我知道死鬼一定不以為然，但還是客套了幾句。一聽到是抓鬼的，我當下就想去驗證看看，戳破老闆娘的迷思。不過我和賤狗分站死鬼兩側，走過去就是賤狗的地盤，我只好打消這念頭。

老闆娘帶我們來到一間和式拉門的房間前，本來我還期待著拉開後裡面又有什麼怪異的黑魔法陣之類的，不過看起來是很普通的日式榻榻米房間。

「因為這個週末訂位不多，所以特地安排了景觀最好的房間給你。」老闆娘殷勤地道。

賤狗一進房間，就趴下來開始打盹。我跑到房間後頭，隔著一扇門便是露天溫泉。石頭圍起來的浴池，一旁還有個石雕的人頭形狀出水口，溫熱的水不斷從那大張的嘴巴汩汩流出。

「靠！這人頭怎麼回事啊，很恐怖耶！我真的覺得這間旅館很奇怪，那個看起來很親切的老闆娘一定有不能說的噁心嗜好，例如收集人體蠟像或是搞SM之類的……」我看著一旁貼著的溫泉性質和功能解說牌子，一邊向死鬼分享我的高見。

死鬼拉開拉門走過來，手伸進溫泉水裡攪了攪：「只要不違法就跟我沒關係。我倒是很想盡快試試溫泉。」

「等一下就要吃飯了，你不怕消化不良喔？」我看著死鬼迫不及待想跳下去的樣子，好意勸他。

門外突然有聲音響起。進來的是一個年輕的女服務員，她端著旅館招牌的懷石料理進來。

我冷眼看著死鬼和那位已在這工作好幾年的服務小姐談天，而這位小百合小姐——這裡的工作人員都要取日本名字，老闆幫她選了個俗又有力又好記的——熱心地教死鬼要從哪道菜開始吃，要如何吃……吃飯還用教啊！有嘴的誰不會吃！

等小百合小姐終於聽夠死鬼的甜言蜜語、心滿意足地離開後，我質問他：「喂，你這個悶聲色狼竟然還有閒情逸致到處把妹！當初是誰說對妹沒興趣啊？」

死鬼選擇完全無視我，拿起筷子開始品嘗桌上的菜餚，我這時才注意到擺滿了整桌的豐盛大餐，結果我還是只能流著口水，眼睜睜看著死鬼用我的身體大快朵頤。

我忍不住遷怒：「說起來都是你這死鬼害的！要不是跟你在一起久了，怎麼會這樣輕輕撞一下就靈魂出竅！我從小摔到大，每一次都要嚴重得多了，但從來沒有發生過這種事……而你這個不務正業的傢伙竟然還有心情來泡溫泉！你應該專注在緝凶上吧！」

死鬼一臉不在乎地說道：「一直繃緊神經，判斷力也會下降，不如以逸待勞。就像你看的偵探漫畫，只要坐著事件就會上門。」

我破口大罵：「那是因為金田一和柯南都有事故體質，就像磁鐵一樣會把災難都吸來。對了，說不定我也有，所以才會把你和賤狗這兩個大災難吸引過來！」我從來沒想過，原來我也有這種二流偵探夢寐以求的夢幻體質……

死鬼才放下筷子，小百合就來了，還帶著額外的殺必死——旅館自製自銷的有機甜品套組。

我冷哼了一聲，心裡酸溜溜地想，如果沒靈魂出竅，現在享受服務的就是我了。不過死鬼這傢伙還真是不容小覷，連年紀比他大的女人都哄得服服貼貼，之前都一副冷淡的模樣……咦？說不定他冷淡的對象只有我？

果然，小百合一出去，死鬼又恢復了他平常的晚娘臉。

我不滿地問道：「喂，你怎麼回事啊？一看到女人就笑逐顏開的，你只有對我是這副德性嗎？」

「對。」死鬼沒有一絲猶豫地說。

「哇靠！你這傢伙真是可惡，為什麼我得忍受這種氣啊?!」我在氣憤之餘還有些說不出來的鬱悶，虧我之前還把他當朋友！

死鬼轉過身，直截了當道：「對女士溫柔是應該的。你之前不是問過我和女性交際的方法？就是如此。」

我愣了一下，想像自己故作紳士、殷勤體貼地對其他人說話……一股寒意從腳底直竄了上來。

「靠！那也太噁爛了吧！哪有人這麼裝模作樣啊！」我罵道，「你這傢伙真是虛偽，明明就不是這樣的人。」

「在外人面前偽裝自己，讓別人只看見我希望呈現的一面，這就是交際。」死鬼抬起頭來直視著我：「你不一樣，所以不用在意我們之間的區別，做你自己就好。同樣的，在你面前我不需要社交技巧，你所見的就是最真實的我。」

可惡！他這樣說，我的不滿好像就變成無理取鬧似的。我轉過頭，釐清了一下腦袋。如果死鬼跟我用那種對外人的相處方式……噁！忽然覺得釋懷了，從相遇到現在，他一直都是如此。

我出糗時，他會毫不留情地恥笑我；看我不順眼時，他會冷言冷語地嘲諷我；我提出什麼蠢主意時，他也會直接打回票。不只是真實，這也他媽的太不客氣了吧！

結論是，就算他真實地對我，好像也沒什麼值得高興的，他的本質就是個討人厭的傢伙。結論出爐，我都不曉得自己該高興還是詛咒命運。

轉頭想酸他兩句，卻不見他的鬼影。

等我聽到後頭傳來的聲音循聲前往時，死鬼已經脫得乾乾淨淨只在腰上圍了條浴巾，站在蓮蓬頭下沖澡。

「喂，要是有人經過我不就被看光光了！這裡是露天的耶。」我不滿說道。

「誰要看你這毛沒長齊的小鬼？我倒覺得你應該擔心猴子，這附近的野生猴子很多，從007的態度看來就知道你不太得動物緣，說不定碰上猴子牠們也看你不順眼。」

死鬼用討人厭的語氣說著，彷彿我和猴子是同類似的。

「這裡海拔又沒多高，也不是尚未開發的山林，怎麼可能有猴子？有蚊子還差不多。」

我揮手驅趕在空中飛舞不停的小飛蟲，雖然沒有用，但那堆東西在眼前就是讓人很焦躁。

賤狗已經跳進旁邊的一個寵物專用的小浴池裡，正興奮地游水，弄得水花四濺。

死鬼關了水龍頭，慢慢踏進溫泉池裡，滿足地嘆了口氣。那瞬間我也似乎感覺到那種全身疲勞都從毛孔揮發出去的暢快感。

看死鬼爽成那副樣子，害我開始對這些微乳白色的溫泉水產生了興趣。我遲疑了一下，決定還是泡泡好了。

不過，過程不如我想像中順利。

「為什麼會這樣?!」我不可置信說道。不管我怎麼用力都坐不下去，水的浮力倒是能讓我躺平在水面上不沉下去。

「這說明了一個論點，靈魂是有質量的。」死鬼沉思道，「如果靈魂只是能量的話，照理說你應該可以進到池子裡來。你能穿過物體，這代表你可能是由極微小的分子構成，既然你會被浮力所困，那就代表你是真實存在的。」

「廢話，要不然我怎麼會在這裡?你別在那邊長篇大論，快想辦法讓我進去啊!」

我對那些理論一點興趣都沒有，依然嘗試著將雙腳都放進去，但都徒勞無功，只能躺在水面上隨波逐流。

我躺在水面上，決定要放棄時，突然一隻手伸了過來在我眼前揮了揮。我抬眼一看，死鬼正從我的頭後方看著我。

「你要幹嘛？」我仰著頭問他。

「你不是要我想辦法？」死鬼輕笑道，然後伸手將我拉進了水裡。

他兩手按著我，將我牢牢壓在水裡而不至於浮起來，然後從水中拉了條繩子出來。原來他將浴袍帶子綁在水池底的按摩水波入口，然後在我的腰上纏了一圈打了個牢固的結。雖然看起來有點忽視我的人權，不過效果顯著。

「唔……」進到了水裡後，那種熱氣蒸騰的感覺更明顯了，溫熱的泉水彷彿流進我的四肢百骸，取代了所有感官。

死鬼選的這地方還真不錯，等我回到自己的身體裡，一定要再來一次好好享受。

我微微瞇著眼看著山景，透過竹製的圍籬高山夜景一覽無遺，雖然有頂棚，但不妨礙我觀賞夜空，自然光將地面都照亮了。微風搖曳著樹枝，白影在其中穿梭……

白影?!

我揉了揉眼睛想看清楚，卻什麼也沒看到。

「喂，死鬼，我剛剛好像看見猴子了耶。這裡的名產該不會是白色的猴子吧？」我狐疑問道。

死鬼蹙眉道：「這種地方哪來的猴子？」

「剛剛明明是你自己說的耶！王八蛋，你又唬爛我！」

我對著死鬼揮舞拳頭時，突然感到一陣涼意竄上了背脊。我下意識地左看右看，突然覺得這室外溫泉好像陰森了起來。

「這水好像變涼了，該不會是熱水燒到一半沒瓦斯了吧？」我咕噥著。

「這是天然溫泉。應該是在熱水裡待久感覺麻木了。」死鬼說道，一邊將伸手試了試出水口流出來的溫泉。「溫度適宜，我不覺得變冷。」

我不安地泡在水裡，雖然身體是熱的，但好像內心深處有一塊陰冷的角落正慢慢地擴散、侵蝕。

突然，我感覺到死鬼的手猛拉了一下，害我差點往水裡沉。

「喂，你這變態在幹嘛？幹嘛拉我的腳！」我罵道。

死鬼皺起眉頭說：「我要有三隻手才有辦法拉你的腳。」

我憤怒地轉頭看死鬼，只見他兩手向後放在石頭上，憑他腿的長度也不可能碰得到。那……現在抓著我的腳的是什麼？

我將目光移到水面上，慢慢地將我的腿抬起來。只見一隻慘白細瘦的手被帶出水面，正抓在我的腳踝上！

「我操！」因為之前有了死鬼的經驗，我看到這東西時就知道那一定是好兄弟，也不會像之前一樣害怕得動彈不得。但那隻好似一折就斷的纖細手腕卻出奇地有力，死死扣住我的腳往水裡拖。

死鬼見狀，迅速解開綁著我的繩子將我往後拉，連那隻手一起帶了過來。他一手拉著我的腳，一手去抓那隻鬼手，用力地分開。

賤狗也察覺了這邊的異狀，跳出池子對著我們這裡叫個不停，狗吠聲在寂靜的曠野響徹雲霄。

待重獲自由，我哪還敢待在池子裡啊，馬上手腳並用爬出去。

「冷靜點！」死鬼一把扯住我拉到他身後，「它應該沒有惡意，動作不要太大，省得激怒它。」

他向賤狗比了個噤聲的手勢，賤狗馬上閉上嘴巴，但還是一臉凶惡地盯著這邊。

我躲在死鬼身後，心有餘悸地往剛剛那方向看。死鬼竟然氣定神閒地坐在水裡，一副等著對方出來閒話家常的模樣，該不會是見到自己的阿飄同伴，滿懷的鄉愁頓時爆發出來，想好好敘敘舊吧？

水面有了波動。乳白色的水面慢慢浮出一個黑色物體，隨著那東西浮出，我才看清楚那是一顆頭，黑色長髮披散著蓋住了臉孔。媽呀，看起來跟貞子簡直沒有兩樣！慢慢地穿著白衣的身體也浮出來了，見到纖細的肩膀以及突起的胸部……是個女鬼，活脫脫一副水鬼的樣子，濕淋淋的身體和像海草似的頭髮，她剛剛該不會是想拉我下去作替死鬼吧？要抓也應該抓有身體的死鬼啊！

那女鬼全身浮出水面，身上水珠不斷滴落，穿著看起來相當老套的連身白衣直蓋到膝蓋下，沒穿鞋子，細瘦的小腿毫無血色。

她抬起低垂的頭，從髮間可以看到蒼白的皮膚和瞪得老大、布滿血絲的眼睛。

她直勾勾地瞪著我們，盯得我頭皮都冒出雞皮疙瘩。

然後她緩緩開口了，聲音好像被風吹散般地虛無縹緲。

「……啊。」

她說啥？我和死鬼對看了一眼，知道對方也沒聽出她說什麼。

「……啊。」那女鬼提高了音量，但還是聽不清楚。

我忍不住開口問道：「妳到底在說三小？」

「我說我死得好慘啊！」

女鬼用力撥開垂下來的頭髮，瞪著我們氣呼呼道：「我醞釀了這麼久的氣氛被你們搞砸了！」

看到她這個舉動，我馬上對那女鬼有了一定的了解，原來是個三兩鬼——就是三八再加上兩光。我不禁為自己的處變不驚感到敬佩，習慣死鬼的存在了，看到其他鬼都能平常心以對。

「妳這一招我已經看過了。」我瞧著死鬼竊笑。他將頭撇到一旁，應該現在才知道我們第一次見面時他的舉動多愚蠢。「請問小姐，妳到底要幹什麼啊？」我看死鬼似乎懶得跟她抬槓，便自告奮勇先開口了。

「要你管！小鬼！」她不屑地「青」了我一眼。

這三八！我的原則是不打女人，但她已經惹火我了！

死鬼阻止了正挽起袖子準備跟她理論的我，對女鬼說道：「從我們到這裡時妳就一直跟著，本來我想井水不犯河水，既然沒有什麼動作我也就置之不理。但是……」

他從水中站起身，臉色陰沉得讓我都覺得有些毛骨悚然。死鬼沉聲道：「妳適才的行為超過我的界線。」

女鬼一改剛剛的囂張氣焰，垂下肩膀蜷著身體，裝可憐般唯唯諾諾地說：「人家只是想跟他玩一玩罷了，反正他也是鬼啊，被我拖下去又死不了，誰知道他這麼膽小，竟然還怕鬼。他好像有點怪怪的……」

死鬼再一次阻止我衝上前的動作，解釋道：「他不是鬼，應該算是生靈。」

那女鬼瞪大了眼睛，在我跟死鬼之間看來看去，然後才恍然大悟道：「喔，原來你才是你喔！我還以為你們是兄弟倆一起出來玩……哥哥是人，弟弟是鬼。怪不得這麼像！」

「我跟他才不是兄弟！」我馬上澄清。

她完全不把我的話當一回事，對著死鬼歪著頭疑惑地說：「不過你不是他吧，為什麼會在他的身體裡啊？他為什麼在外面啊？你可不可以出來讓我看一下啊？」

死鬼嘆了一口氣，聽來也不太願意跟這囉唆的女鬼打交道。「我泡夠了，如果不介意的話就進去室內談談，我不希望這個身體的主人感冒了。」

那女鬼一聽到死鬼邀她進去，興奮地兩眼發光。我埋怨地瞪了死鬼一眼，他只做了個無奈的表情。

死鬼從池子裡走出來，從旁隨手扯了條浴巾圍上。我才注意到那女鬼竟然色迷迷地盯著他看！我連忙站到死鬼面前捍衛我的身體，罵道：「妳這女色鬼在看什麼?當心長針眼！」

女鬼嬌嗔了一聲道：「人家才不是看你呢，那種沒發育的身體有什麼好看的？人家看的是你身體裡的那個鬼大哥啦！他真帥，幾歲啊?有沒有女朋友?什麼工作？月薪多少?有車和房子嗎？」

原來這女鬼也看得到死鬼的真身。我回頭見死鬼已經先走進去了，便跟那女鬼小聲唬爛道：「那傢伙其實已經七十歲了，那外表是假的啦。而且他是個超級負心漢，離了三次婚，年輕時還是專騙女人過活的小白臉咧。」

「什麼?!」那女鬼一臉驚愕，「還真是人不可貌相，看他一表人才，沒想到竟然會是這樣的人。」

「就是說啊。」我連忙在一旁附和。

我和女鬼走進房間，只見死鬼已經穿上浴衣和棉袍了，女鬼看起來好像很失望地嘆了一聲。她到底是想看什麼啊?!

我走進房間席地而坐，發現死鬼掃來冷酷得像是要殺人的目光。我悚然一驚，剛剛講的話八成被他聽到了，這小心眼的傢伙一定會報復我的。

我裝作若無其事的樣子，自然地將目光移到女鬼身上。

才這麼一下子的工夫，她身上已經清清爽爽。這時看起來，她還是個大美女呢。細柔的髮絲在腦後梳了個簡單的髻，身上穿的是和死鬼一樣的旅館裡的白底藍花浴衣和藍色棉袍，身材纖瘦高眺，臉上還有淡淡的妝容，看起來挺賞心悅目的……不過她怎麼這麼快畫好妝的啊？女人真是了不起。

死鬼咳了一聲，我連忙移開打量女鬼的目光。呼，差點就被她的外表騙了，這麼三八聒噪的女人，再漂亮我都受不了。

「喂喂，你們也該說了吧，你們兩個怎麼會這樣子啊？」女鬼一臉八卦地問道。

「這也沒什麼，只是他不小心靈魂出竅又沒辦法回到自己的身體裡，我就先暫住進來，以免他的肉體死去。」死鬼簡單扼要地說明。

「喔，還真是複雜離奇耶！」女鬼驚嘆道。

……哪裡複雜？我翻了翻白眼。

「那你們是什麼關係？看起來不像兄弟。」女鬼汪汪大眼直盯著死鬼。

死鬼冷淡地說：「我有求於他，暫時請他幫忙罷了。」

雖然我知道死鬼不想和她有太多牽扯，所以才這樣輕描淡寫地一筆帶過，不過聽了還是不太爽，起碼要提一下我對他的幫助吧。

「喔，是這樣啊。你到底幾歲了啊？」女鬼又問。

我在死鬼開口前忙道：「好了好了，現在應該講講妳自己的事了吧？」

女鬼本來聽我插嘴不太高興，但一聽到要說她自己的事便露出興奮的表情。她壓低聲音，一臉神祕地說：「我是死在這旅館裡的。」

「妳是客人還是員工？」死鬼問道。

「人家是客人啦，我看起來像是在這種破爛旅館工作的黃臉婆嗎？」她嬌聲說道，「人家是報社的旅遊美食記者，專程來這泡溫泉順便採訪的。那時候跟幾個好朋友一起來，結果在泡溫泉時不小心睡著就溺死了，呵呵。」

……呵個屁啊！竟然有人蠢到洗澡時把自己溺死！我不可置信地看著她，覺得她能活到這麼大把年紀真是不容易。

「溺死？在這間房嗎？」死鬼挑起一邊眉毛問道。

「在大浴池啦，這裡的大浴池風景超好的喔，完全沒有欄杆或籬笆什麼的擋住，而且正對著山谷，往下看超刺激的耶。」她興奮地說著。

「為什麼泡大浴池還會溺死？不是應該有很多人一起泡嗎？」我問道，語氣有些不耐煩。這查某講話拖拖拉拉的，實在讓人很煩躁。

「因為實在太舒服了，我就沒有跟我朋友一起走，一個人獨自留在那裡泡，然後就睡著了。」她掩嘴笑道。

「所以妳就……」死鬼皺眉道。

「死翹翹了啊。」女鬼若無其事地說。

「然後妳該不會就這樣整天在旅館裡嚇人吧？」我皺著臉問道，「難道妳沒有遺憾什麼的嗎？妳看起來……呃，死得非常開心。」

她嘟著嘴：「才不是這樣，人家只是那麼久以來第一次遇到看得見我的人，有點興奮過頭罷了。每個進來的客人我都嚇過了，連那些討厭的旅館員工也是，不過他們都看不到我。」

明明是我問她，她卻對著死鬼說話，一雙眼睛還眨個不停、狂送秋波。

「妳睫毛掉進眼睛裡了嗎？」我毫不留情道。

她瞪了我一眼然後轉向死鬼求助，但他一點反應也沒有。

女鬼吃了閉門羹，一臉哀怨：「人家的遺憾也很多啊，我家附近新開的蛋糕吃到飽都還沒去過呢。還有啊，人家一直想在威尼斯沉入海底之前，去那邊跟英俊的義大利帥哥來一次浪漫的邂逅。還有 GUCCI 這一季的包包，人家也還沒買……嗚……」

她講了講，竟然趴在桌上哭了起來。我簡直是看得一個頭兩個大，這女人真是太難搞了，但她哭得這麼悲切，我又不好意思嘲笑她。

「妳為什麼還在這？當初妳死了後應該會馬上有鬼差來領妳去地獄，妳沒見到他們？」死鬼等她哭聲漸緩下來時問道。

女鬼抬起頭眨了眨雙眼……我的天啊，她的妝全花掉了，看起來比京劇演員還恐怖，不知道是眼線還是睫毛膏的東西流得兩邊臉頰都是。

她正想開口時，我實在看不下去了，提醒她：「妳要不要擦擦臉還是去補個妝？妳那樣子實在……」

那女鬼聽了之後，慌慌張張地抬起袖子遮住臉道：「請等我一下。」

沒過幾秒，她的臉探出時，又恢復了精緻美麗的妝容。

哇靠！我在心裡暗嘆，她變臉的速度比金凱瑞還快！難道是鬼的特技之一嗎？我往死鬼看去，他像是猜出我想什麼般搖了搖頭表示否定。我猜這應該是女鬼才有的絕招吧。

「你剛說什麼鬼差啊？好恐怖喔，真的有那種東西嗎？我本來以為會像電視一樣，有一道奇異溫暖的光從天上投射下來，然後會有小天使下來接我呢！」她天真地說道。

「妳什麼都沒看到嗎？連牛頭馬面都沒有？」我想起死鬼那時候的事，心道這查某要是看到鬼差肯定會嚇死。

「對啊，人家剛醒來還不知道我死了呢，講話都沒人理我時才覺得好像不太對勁，回房間發現朋友都人去樓空，才知道自己已經死了好幾天了。」

「那妳為什麼會一直在這徘徊？妳沒去找想見的人嗎？」死鬼經驗老道地問。

「找過了啊，但他們看不到我，一點意思都沒有，後來覺得還是這裡最舒服，只好又回來了。」女鬼忿忿不平說道。

死鬼沉吟道：「死後沒有鬼差領妳下去，有兩種可能：第一，鬼差怠忽職守，我之前在下面看到很多這種情況，公務員辦事比較沒效率；第二，妳有冤屈，所以沒來接妳。」

「冤屈？我沒有啊，這麼說來我應該也要下地獄囉……好可怕，人家又沒做錯什麼事，為什麼要下地獄？」

「正確來說，是到地獄去等待妳投胎的日子，除非妳是罪大惡極，才要去那些俗稱的地獄受罰。」死鬼耐心地解釋。

「咦，好奇怪喔，那麼我應該要去投胎了啊。」女鬼不解問道。

「事情可能有蹊蹺，我想妳的死因並不單純。當然有些人跟我一樣下去之後再回來，不過妳會被困在人間有極大的可能是由於死不瞑目。」

我在旁邊想插嘴，這女人都說自己是睡著才溺死的，哪有人連自己冤死都不知道啊？

死鬼嚴肅道：「當然也許只是負責妳的鬼差忘記了。現在接近年底，考核績效時他自然會發現少了妳，興許等一陣子就會有人來接妳。不過妳不用太在意，那個鬼差出了這麼大的紕漏，應該會有懲戒，年終獎金八成都被扣光了。」

對那些嗜錢如命的鬼差來說，這一定是最殘酷不人道的懲罰吧，我暗自對他們感到同情。

「怎麼會泡到睡著？妳該不會是喝醉了才來泡溫泉吧？」我打量著她道。

「我沒喝酒，喝醉了誰敢泡溫泉啊。」女鬼義正詞嚴地說，好像她很有常識。

「妳和誰一起來？」死鬼問道。

她歪著頭數著：「就是公司的同事啊，一個是小喬，影視娛樂版的記者。另外兩個是攝影師毛毛和財經新聞版的記者錢嫂。」

「妳們四個女人一起來玩嗎？」我問道。一想到有另外三個像這女鬼一樣聒噪的查某在一起，我就捏了把冷汗，大概會吵到連死人都會從棺材裡跳出來叫她們閉嘴。

「小喬和錢嫂都是男人，毛毛是女的。」

為什麼男人要叫小喬啊？害我剛剛期待了一下以為叫小喬都應該是大美女。「你們兩男兩女該不會是來 double date 吧？」

「才不是咧，我們一點關係也沒有……啊，應該說是同事關係，你不要誤會喔！」女鬼急急忙忙地撇清，還一邊盯著死鬼，深怕他誤會似的。

死鬼面無表情道：「妳跟他們有糾紛？任何爭執或口角？」

女鬼大吃一驚說道：「怎麼可能，人家怎麼會跟他們吵架啊？他們人都很好呀，我們認識好幾年了，一直以來都相處愉快呢。」

……那我還真佩服他們，我跟這女人講了兩句話就想扁她了。

死鬼看了看掛鐘道：「現在很晚了，明天我再問妳詳細情形。我想妳也該去休息了，熬夜對皮膚不好。」

「呀！」女鬼撫著臉大叫，「你說的對，人家應該要去睡美容覺了！那個……人家今天可以睡這裡嗎？」

我跳起來指著她臉上可疑的紅暈大叫：「妳到底想幹嘛啊？妳這女色鬼！男女授受不親！」

她嘟著嘴不滿說道：「人家就只是想待在這邊啊，哪有想做什麼，你不要亂說。討厭，我要走了。」女鬼氣呼呼地說完，就沉入地板一下子不見了。

那女鬼一走，房間頓時變得安靜宜人。我呼了一口氣，正想開口說話時，死鬼朝我比了個手勢，眼睛往地板瞄。這女的大概有病，竟然躲在地板裡，一團髮髻從榻榻米中露出。

我不動聲色地趴在地板上，對著地板大叫：「啊，好累喔，我要趕緊睡覺了，要不然明天一定會長出滿臉恐怖的皺紋和痘痘！」

髮髻一下子縮回去。我側耳傾聽，沒聽出什麼東西來。死鬼向我點頭道：「她走了。」

我翻個身直接躺在榻榻米上，筋疲力盡地說：「天哪，和那女人說話簡直比跑馬拉松還累。」

「我有同感。不過你從沒跑過馬拉松。」死鬼冷笑道。

「少廢話，我只是比喻啦！我還真沒和這麼難纏的女人打過交道。」我一路爬上鋪好的棉被，問死鬼道：「你也覺得那女的怪怪的吧？我不是說她怪……可能有一點啦，不過，她的死因很奇怪。」

「嗯，死因應該沒那麼簡單。照理說她是個旅遊記者，應該很清楚疲累或是喝醉酒時去泡溫泉是很不理智的做法。」死鬼沉吟道。

「那你剛剛怎麼不問清楚一點？就這樣把她打發走了。」我有些同情她，雖然她很討人厭，但畢竟一直飄來飄去地遊蕩也不太好。

死鬼瞧了我一眼，譏笑道：「怎麼，你不忍心？我記得你一直希望能被漂亮的女鬼纏上，而且又是你喜歡的輕熟女類型……」

我爬起來大叫：「鬼才煞到她咧！她剛剛一直對你送秋波，看來她也有意，你就跟她湊一對好了！」

死鬼霍地站了起來，直接走到床鋪旁。

我有些瑟縮，還是強裝鎮定道：「你幹嘛？要打架我可不會輸人的喔！」

死鬼瞪了我一眼道：「床鋪在這裡，否則你要我去哪睡？」他說完後便在我隔壁的棉被躺了下來。

切！我還以為他剛剛那氣勢洶洶的模樣是想找我幹架咧。

不過我的想法應該沒錯，死鬼相當反常地問了那女鬼很多事，要是平常他才懶得管！想幫助她應該是真的，不過死鬼有沒有存著其他心思我就不清楚了，畢竟那女鬼也是個美人，只是話多了一些。

我想了一下開口道：「你想幫她喔？」

「我覺得事情沒那麼簡單。」死鬼毫不遲疑地說。

「哇，不會是你身體裡流動的警察熱血開始沸騰了吧？那你應該表現得再有熱誠一點，這就是警察應具備的追根究柢的精神嗎？」我嘲笑道。

死鬼眼睛眨也沒眨，鎮定地道：「她一問三不知，只會東扯西扯浪費時間，不如明天去問問旅館的人員，他們應該比較清楚。依她的個性，可能和別人結怨了也不知道，只聽她的片面之詞是絕對不可能知道真相的。」

「唉。」我嘆了口氣道，「真是麻煩，只是來泡溫泉也會遇上這種事，你八成是事故體質。」

死鬼冷淡地說：「我倒覺得是你，你沒跟來說不定就不會有問題。」

「放屁！分明就是你吵著要來，我要睡覺了，別吵！」

我氣沖沖倒頭就睡，死鬼拉熄了燈入睡。我輾轉反側了半天就是睡不著，和式拉門外就是露天浴池，山風呼嘯的聲音再加上貓頭鷹恐怖的啼叫聲，讓我毫無睡意。

「死鬼，你還沒睡著吧？」我問，「既然你不想睡，不如我陪你去逛一逛？」

「噢嗚！」賤狗已經呼呼大睡了，一邊發出下流的聲音，四肢擺動不停。

死鬼眼皮動也沒動一下道：「你想去夜遊？我可不敢保證是否會遇到其他莫名其妙沒下地獄的……」

「好了！」我大吼阻止他，「在這種地方千萬不能說那個字，說阿飄還是好兄弟都行。」

「你就算不說，該出現的還是會出現。」死鬼嘲諷道。

「要你管，反正我就是聽不得別人說！你要不要去露天大浴池啦？不去拉倒，拎北自己去！」我粗聲粗氣地說。

「大浴池？你泡上癮了？」死鬼一臉玩味問道。

我有些心虛，泡大浴池的目的當然只有一個啊，要不然誰要來這鳥不生蛋的地方？我唬爛道：「是啊，不行喔？」

死鬼冷笑了一聲道：「算了，你那點小心思不用想也知道。」他說著邊從被窩裡起身，「我跟你一起去。」

聽他這樣說，我不懷好意淫笑道：「哼哼哼，我就知道，是男人都無法抗拒泳裝美眉的誘惑的，看來你也是普通人嘛，不早說你也想看，害我憋了這麼久。」

「我只是擔心你會做出下流的事。」

「我才不是那種人咧！你也把我想得太不堪了吧？」我不滿抗議，「明明就是你自己想看……」

死鬼慢條斯理拿了浴巾，在我的拉扯下走出房門。

Chapter 3

誰殺了她？

穿過了旅館大廳，大浴池近在眼前。我興奮難耐地看著門口掛的布簾，布簾後就是拉門，拉門後……就是天堂！進去之後，我們穿過更衣室，來到天堂之門的面前。

就是現在！我跨出一隻腳，又觸電般地縮了回來，內心緊張到我沒心臟都可以感覺到胸腔裡有東西撲通撲通地跳。

死鬼嗤笑了一下說：「有色心沒色膽。裡面有人也看不到你，你擔心什麼？」

「吵……吵死了！沒穿衣服的女人我見多了，有什麼好擔心的！」被死鬼一語戳中，害我一點面子都沒有。

「你家裡倒是有很多收藏。」他徑直走進去。

「靠夭！」我只能來得及罵上這麼一句，便三步併作兩步跟了上去。

死鬼毫不猶豫地嘩啦一聲拉開天堂之門。我在心裡驚嘆，見過世面的情場老手就是不一樣啊。

開門瞬間，色氣……不，是熱氣，洶湧地迎面撲來，一片霧茫茫看不太清楚，我稍等了一下，漸漸地看清了眼前的事物。

只見廣大的石製露天浴池，熱氣裊裊上升與山景融為一體，背後深闊的山谷宏偉無比，還有瀑布奔流而下，好不壯觀。

最重要的是……這裡竟他媽的半個人都沒有。我從左邊看到右邊，這個大得可以容納澳洲動物園裡所有鱷魚的池子，啥鬼影都沒有。

見到死鬼悠哉地踏進池子裡，我頹喪地跟著進去，然後躺在水面上自憐自艾。

「因為沒什麼客人，而房間裡都附設個人池，來大浴池的可能不多。」死鬼拙劣地安慰我，但我發誓他一定在幸災樂禍。

唉，從天堂一下子變成普通澡堂。我自暴自棄地躺在水面上，載浮載沉。

「你是特地來找人家的嗎？人家好高興喔！」一個嬌滴滴的聲音響起，那雖屬於女人的甜美聲音，卻是我現在一點也不想聽到的。

只見那個三八鬼正從水裡浮出，一臉期盼地盯著死鬼。

真是衰到家了！好不容易把她請走了，結果我又自投羅網。沒看到美眉就罷了，至少讓我一個人安靜地鬱卒啊！

我乾脆眼不見為淨，慢慢飄到其他地方，反正她的目標也是死鬼。我往死鬼那裡看去，但見他一臉無奈，還瞪了我一眼，怪我拖他下水。

「妳怎麼會在這裡？」我毫不客氣地問。

「人家在溫泉裡睡覺啊！睡這裡睡習慣了。」她一邊說一邊游近死鬼。

靠！她都被淹死了還睡在溫泉裡?!這女人還真是見了棺材也不掉淚啊。

死鬼皺了一下眉頭，不著痕跡地往旁邊退。我看她還穿著浴衣，眼罩也戴在頭上，一副睡眼惺忪的模樣，應該是被我們吵醒的。

「既然都來了，那就把一些事情釐清。」死鬼說，「妳和妳的同伴，有過意見分歧嗎？」死鬼委婉地問。他應該也知道對這女的不能旁敲側擊，要不然問上三天都問不完。

女鬼一臉興奮道：「別說這些，我們來聊些別的嘛。你能不能出來讓我看看啊？待在那種身體裡也很不舒服吧？」

見鬼了！什麼叫「那種身體」啊！我故意挑釁道：「那種身體也比妳青春年少！阿姨，妳幾歲啊？」我特別加重某兩字發音。

在女鬼發飆前，死鬼出聲安撫她道：「他沒有什麼意思，別在意。對於年紀比他大的他都叫阿姨。」

「我不會跟他計較啦！哎，你出來讓我看看嘛，你在他身體裡看不清楚啦。」女鬼撒嬌道。

靠！現在還真的是兩隻鬼的交際咧，想不到連死後都還能繼續把馬子、釣凱子。

「我在這身體裡就對他有責任。」死鬼看著我說道，「雖然機率很低，但還是要避免在我離開時他的身體被其他靈體奪走。」

女鬼碰了釘子，老大不高興，碎碎念著「人家才不會這樣做」、「誰要臭小鬼的身體」之類的。

很快她就重振旗鼓，眼睛眨巴眨巴地問：「那你喜歡什麼類型的女生啊？成熟的？可愛的？不是人家自誇，大家都說我讓人看不透的部分最有魅力……」

我在心裡偷笑，她的本質一眼就能看穿，神祕個鬼！

死鬼忽地瞥了我一眼，臉上盡是不懷好意的笑容，我正想問他想要什麼詭計時，他面露無奈指著我道：「抱歉，其實我的體質特殊，待在人間的條件就是必須跟他綁在一起，離開他我就會魂飛魄散。」

我張大著嘴，下巴都要掉到溫泉池底了。

「你……」女鬼用著和我一樣的表情指著死鬼，「他……」又轉移矛頭指著我。

「我明白妳的心意，但我們註定……有緣無份。」死鬼深情款款地說著沒人相信的謊言。

女鬼對我怒目而視，簡直把我當情敵了。媽呀，死鬼用我的臉說出這種瓊瑤式臺詞就算了，竟然還拉我下水！

我趕緊使勁給了死鬼一個拐子，鄭重否認道：「妳別聽他胡說八道！哈哈哈，這、這是他的西伯利亞式幽默啦！」

「真的嗎？」女鬼淚眼汪汪地看向死鬼。

死鬼撇過頭不置可否，分明故意要找我麻煩。

「當、當然！」我對女鬼掛保證，「其實他是害臊啦，他喜歡的其實是像妳這種既成熟又可愛、充滿神祕魅力的女人！」

女鬼破涕為笑，總算沒再瞪我了。我知道話題是時候回歸正軌了，否則這樣下去一定會沒完沒了。

「欸，查某，我問妳，妳和那其他三人很好嗎？」

女鬼嘟著嘴道：「當然好啊，我們都一起出去玩。」

我摸著下巴繼續抽絲剝繭：「那妳跟那兩個男的交往過嗎？會不會是分手條件談不攏之類的？妳確定那兩個男人沒有喜歡妳、還是毛毛喜歡他們、或是什麼三角四角戀嗎？」

「才不是，我們四個可是手帕交。毛毛喜歡老頭子，不可能喜歡他們的，更何況我們的交情已經好到超越了性別，就算四個人睡一張床上也沒有問題。」女鬼吐吐舌頭，做了個不符合她年齡但讓人看了心中蕩漾的可愛表情。

嗯，這樣可能就和情殺沒關係，我本來還以為應該八九不離十。正想問問他們是不是有金錢往來，突然聽到一陣聲響，漸漸由遠而近。

「恭喜你，看來你的願望實現了。」死鬼冷笑著說。

三小？還來不及去思考死鬼酸溜溜的話，我的異性雷達便偵測到不明物體，從大門口走進來的是……粉紅色的鶯鶯燕燕軍團！

我目瞪口呆地看著那些周身彷彿包圍著香氣和花朵的另一種性別生物，嘻笑打鬧著走進來。她們都裹著大浴巾，酥胸半露，白皙的皮膚和修長的腿一覽無遺，頭髮濕漉漉地貼在額頭，細嫩光滑的雙頰和嬌豔欲滴的嘴唇。沒有高中色的青澀或是ＯＬ的洗鍊感，看樣子應該是女大學生。

我不禁熱淚盈眶。老天爺啊！謝謝你！在我人生最落魄不得志的時候，雪中送天使，滋潤了我乾枯的生活。我發誓從沒那麼相信過神的存在，除了在此刻，因為我見到了神蹟！

「你口水流出來了。」死鬼一手撐著頭打趣道。

我怒瞪著死鬼，他一臉索然無味地看著外面的風景，女鬼也似乎因為大批美女進來搶了她的鋒頭，又沉到水裡去生悶氣。

我坐在石頭上，低頭看著她們踏進來所激起的水波，不知為何竟然不太敢直視眼前的波濤洶湧，看來一次太多比基尼會造成過量刺激。我掙扎了半天，轉過身正好看到死鬼露出一副「你沒藥救了」的模樣。

「你一天到晚嚷嚷著A片和泳衣，原來還是隻童子雞。」他說完還附上鄙視的笑聲。

「放你的屁啦！」我憤而轉過身，眼睛死盯著那些美眉一個個將浴巾解下踏入浴池。然而眼睛無法聚焦，所見只有朦朧，頓時覺得頭暈目眩，想不到這些女人帶來的衝擊是如此巨大。

死鬼露出了然的表情，嗤笑道：「我第一次看到身為靈體還泡溫泉泡到頭昏……還是看女人看到頭昏？」

我沒好氣地瞪了他一眼，說道：「不用你雞婆！老子好得很！」

這時，又一個不合時宜的聲音傳來：「欸？你這麼晚還在泡溫泉嗎？」

這聲音的主人我們今天才認識，就是那個嗲死人不償命的小百合。她看見死鬼，興奮地游了過來。我吹了聲口哨，沒想到她胸部還挺大的。

死鬼白了我一眼，示意我別盯著別人胸部看。我做了個不屑的表情，反正現在沒人能告我性騷擾。

「晚安，妳這麼晚才來？」死鬼掛上禮貌的微笑。

「一般我們員工都是等三更半夜沒人時才來的，老闆規定員工有使用的時間。」小百合笑吟吟說著。

「那麼，和妳一起進來的……？」

「喔，她們不是員工啦，是週末來玩的大學生團體。剛剛我跟她們一起打桌球，聊得很愉快就又來泡囉。」小百合邊說邊掬水往身上澆。

她這時候看起來別有一番風情，怪不得死鬼會說霧裡看人這種廢話。

「難道真的是到了溫泉裡，任何人都會變成美女嗎？」我喃喃說著。

「別幻想了，我可不希望你的精神打擊太大而造成任何遺憾。」死鬼耳語道。

「嗯？你說什麼？」小百合聽到死鬼的聲音問道。

死鬼以迅雷不及掩耳的速度換上標準微笑：「我想請教小百合姐姐一件事。」

小百合欣然答應。死鬼開口：「那我就單刀直入了，旅館前陣子是不是死過人？」

小百合臉色煞白，像被雷劈到一般厲聲問：「你怎麼知道的?!」

死鬼鎮定地回答道：「我在網路上看到傳聞，據說這裡發生過命案會鬧鬼。我只是為了心安想求證，並不在乎這裡是否發生過意外。請問帶給妳困擾了？」

小百合的臉色漸漸緩和下來，她嚴肅道：「這件事在旅館裡是禁忌，你最好不要向其他人提起，尤其是老闆和老闆娘，他們倆非常忌諱，已經下達禁口令了。」

死鬼一臉歉意道：「很抱歉，我不明就裡冒昧地開口。不過那應該只是意外吧？」

小百合嘆了口氣說道：「就算只是意外，我們這種觀光服務業性質的地方只要死過人，多少都會有影響。當初那名死者的父母還想告旅館管理不周，鬧得沸沸揚揚的。雖然最終他們撤銷告訴了，因為證實是那名客人的問題，跟旅館無關。」

「客人的問題？」

小百合點點頭道：「表面上那名客人是在晚上一人獨自在這裡泡溫泉時溺死的，然而事實並非如此簡單。警察在她行李裡發現一些不可告人的東西，法醫也在她的遺體檢驗出有『那個東西』的殘留。」

「那個東西？」死鬼皺起眉頭。

難道女鬼的死因真的不單純？我望了望水面，三兩鬼剛剛沉下去後就沒有出來了，應該是去睡美容覺了吧。

「就是啊，」小百合壓低聲音道，「那名客人在我們旅館裡嗑藥。」

我看向死鬼，只見他一臉凝重。

「嗯，詳細情況我不太清楚，只知道在她行李裡發現了K他命，她當天應是嗑嗨了所以精神恍惚，來泡澡時還喝了酒。」小百合指著池子旁的一處，「大浴池這裡地上也丟了好幾個啤酒瓶。所以最後沒追究旅館的責任。」

我和死鬼互看了一眼。

「那個客人也有前科，好像在夜店吧，被臨檢的警察抓個正著。」小百合一臉鄙夷說道。

這女人根本是自作自受！我心裡對她的一點點同情登時蕩然無存。

死鬼面色平淡，不知道在思考什麼。「那她的同伴呢？那時她是和其他人一起來的吧？」死鬼道。

「他們沒有前科，毒測也是陰性反應，應該是那個客人自己的行為，其他人並不知情。不過啊……」小百合吊人胃口說道。

「不過什麼？」死鬼捧場地裝出一副急切想知道的樣子。

小百合見狀露出笑容：「我覺得沒那麼簡單。我曾在送餐點時聽到他們幾個人吵架，吵得很凶呢，每個人都大呼小叫指責對方的不是。」

「他們在吵什麼？」

「這我就不清楚了。後來我也跟警察說了這件事，雖然他們調查之後應該是沒問題，但我還是覺得奇怪，怎麼才吵完那女的隔天就死了？」小百合一臉詭異說道。

「嗯，那還真是起人疑竇。」死鬼故作神祕道。

「不過警方都結案了，也沒什麼好說的。看不出來小弟弟你也這麼八卦呢，我一時不小心都跟你講了，這應該要保密的。」小百合雖說是說了不該說的事，不過臉上完全看不出來有任何愧疚。

「八卦是人的天性。」死鬼開朗地說著我的臺詞，害我看得直打冷顫。他在我的身體裡就是怎麼看都不對勁，不管他裝憂鬱也好，裝模範生也好，反正都很怪啦！

這時，跟小百合一起進來的女生們發現了這裡的動靜，一群人聚了過來，死鬼頓時變成眾星拱月、紅花襯綠葉般令人忌妒的後宮狀態……靠！可惡的死鬼！

回到了房間，我一語不發倒在床鋪上。

「你累了？」死鬼問道。

「怎麼會累？」我一字一字地從牙縫中擠出：「我沒泡溫泉，也沒打桌球，更沒和女大學生打情罵俏，怎麼會累！」

「你吃醋？」死鬼聞言笑道。

「誰吃醋啦！我只是想應該要跟你好好討教兩招，陰陽兩邊都吃得開，還有一堆人排候補呢，你乾脆翻牌子決定好了。」我講得牙齒都發酸了。

一時忘記賤狗在睡覺，不小心提高了音量，不過就算旅館塌了牠大概也不會醒。

「就我接受到的訊息，一天一個還可以排兩個禮拜。」死鬼摸著下巴說道。

我怒火攻心，這本來都是我應得的待遇耶！「你少給我說風涼話！我問你，那個女鬼的事你打算怎麼辦？剛剛小百合都說了，那查某是自己搞成那樣的，你相信她說的話嗎？還是覺得那查某的死有問題？」

死鬼脫下外套躺在棉被上。「小百合說的話可信度很高。不過就算那女鬼真的是自己吸毒死的，她和那些朋友的爭吵也很耐人尋味。」

「要去問問三兩鬼嗎？」

「不。」死鬼搖頭道，「我無法判斷她是否隱瞞實情，她剛剛甚至完全沒提到吸毒的事。」

「會不會是她故意不說的？可能不想讓你知道……」

「我不確定，但她的死或許有部分外力介入，所以她到現在都無法投胎。」

「果然還是那群朋友最有嫌疑囉？」我思考著。

死鬼一臉興味：「你現在倒是很有興趣？」

「該怎麼說呢？像《終極警探》中那樣出生入死地探案，是我兒時的夢想。」

「那種是沒有腦子只有肌肉的類型。第一種顯然你沒有，至於肌肉嘛……」死鬼捏著「我」的肚子說道：「似乎有些鬆弛。」

「我幹嘛要和他們一樣肌肉虬結啊，沒贅肉就可以了啦！你身材也沒好到哪裡去，不要以為穿著西裝就可以魚目混珠！」我說得有些心虛，從外表其實看得出來死鬼的身材相當挺拔。

死鬼笑了起來：「我不介意脫衣服讓你親自確認，看看我的肌肉如何……」

「駁回！我不想眼睛脫窗！」我嫌棄地道。「那明天咧？要不要去找其他旅館工作人員問清楚？」

「沒有打草驚蛇的必要。」死鬼閉著眼睛說。

這晚，我在女鬼可能隨時來襲的忐忑不安中入睡，但她一直沒出現。

第二天，死鬼一早起床，在吃早飯前又去泡溫泉。他對於泡湯著迷的程度，讓我開始覺得些許異常。

「喂，你還真的很愛溫泉耶，想不到你竟然會有這麼像老頭子的癖好。」我擔心地說，「哇靠，你看『我』的皮都開始發皺了。」

白天的山景又別有一番韻味，雖然在山谷中，但山的開口正好能讓陽光照射進來，完全沒有晚上的陰森森感。

「若要說泡出問題那也是其他部位，不過我想你的智商跟溫泉沒關係。」死鬼冷笑道：「你的腦子本來就不太好使。」

可惡！我衝向前去想找他好好「理論」一番，還沒碰到他半路就殺出了隻程咬金……不，是隻賤狗。

牠從臉上層層堆積的皺皮下看著我，目露凶光。雖然在位置上我的視線比較高，而且我是靈魂體，根本不擔心牠會咬到我，但牠渾身散發出來的氣勢實在不容小覷。

可惡，留得青山在，不怕沒柴燒！我牙癢癢地後退，反正我已經掌握了賤狗的弱點，等回家後再買一堆怪雕像嚇死牠！

死鬼泡完後便離開房間到了餐廳，老闆娘忙碌地穿梭在其中招呼。客人看起來不多，三三兩兩幾個，而女大生集團也坐在那裡了。可惡，連今天也要看到死鬼左擁右抱的後宮模式再開嗎？我怨恨地盯著死鬼，努力放送殺人電波，至少要讓他知道我的不滿！

死鬼才剛坐定，他的早餐就端了上來，服務生是一個看起來很爽朗的中年男子。

「這是我們的廚師，旅館所有的料理都是由他一手包辦。」老闆娘介紹，轉向中年男人道：「你怎麼在外場？其他人呢？」

那個理著平頭、身形肥胖的中年男子非常豪邁地笑著說：「他們說我都沒動，叫我出來運動一下。不過這也要怪老闆娘都不收客人，害我閒閒沒事做。」

老闆娘聽了不悅道：「小胖，不要又把你發福怪在我頭上，你一直都這麼胖。」

「還不是老闆娘妳一直趕客人，又只有假日才做生意，要不然我怎麼會越來越胖？」小胖廚師——應該叫老胖才對——捏著像懷孕二十個月的肚子說。

「這家旅館只有假日營業？平常沒有？」我悄悄問死鬼道。

只有假日營業還不多收客人，看來這間旅館的老闆可能是地主，這種做生意方式還能活下去……

死鬼點了點頭，說道：「那員工也只有假日上班？這樣平常都在做什麼？」

老胖廚師說：「應該平常做的是正業，假日旅館工作才是副業……」

老闆娘怒瞪了老胖廚師一眼，老胖訕笑著摸了摸頭沒再說下去。

早餐過後，死鬼便應邀和女大生軍團一起造訪山腳的溫泉街。那群女人精力十足，一路上拚命逛紀念品店買了大包小包，而死鬼也一直面帶笑容跟她們有說有笑。

變成靈魂體最大的好處是不甚覺得疲累，就算有也是種模糊的感覺，否則像死鬼那樣陪女生逛街走到天荒地老都還不停下來，我早累趴了。

不過死鬼用我的身體竟然可以撐這麼久還不喊累，真不知道是該說他意志力堅強還是神經大條，我很清楚自己的身體素質和能耐，看到死鬼將我的身體發揮到極致，還真應該讚嘆人體的潛力無窮。

不過賤狗倒是玩得不亦樂乎，跟在死鬼後面，精力旺盛地到處嗅來嗅去，還有甲蟲卡在牠的皺皮裡出不來。賤狗往旁邊石頭上不停搔著牠的背，最後還是讓死鬼撥開牠頸背上的皮膚，把那隻奄奄一息的大甲蟲救了出來。

回旅館時，遠遠的我們就看見一輛休旅車和幾輛快遞貨車停在旅館門口，老闆娘等員工都忙著從車上卸貨。

一看到死鬼，小百合便熱情地招手，「小弟弟回來了！」

從後車廂走出一隻大猩猩……不，是一個體格壯碩的高大中年男子，他站出來的瞬間，我頓時覺得日月無光、飛沙走石、雷電交加、鬼哭狼嚎，堪比科學怪人出場時的華麗的聲音和背景特效。

那人蓄著濃密的鬍子，表情看起來極凶惡，比起科學怪人有過之而無不及。偏涼的天氣裡他只穿了件汗衫，身上的肌肉一塊塊鼓起，手臂上布滿了一條條青筋。媽啊，這傢伙看起來就像是重刑犯，我敢打賭州長阿諾或拳王阿里都打不過他。

那個人邁著沉重的腳步，以拔山倒海的氣勢走到了死鬼面前，我不禁退後了幾步，看到我的身體籠罩在那巨大的陰影之下，竟顯得如此衰弱無力，和那人一對比簡直像是恐龍和小雞。

那人扛著一摞箱子，眼看著就要砸在死鬼頭上！

「歡迎光臨，我是這裡的老闆。」

我愣住，只見中年男子的臉上浮起憨厚的笑容，這時才注意到那細如蚊蚋的招呼是從他龐大的身軀中發出的。

我還來不及從這種衝擊中回神，死鬼已禮貌地微笑說道：「你好，剛下飛機嗎？」

死鬼說了我才發現員工們正從車中拿出行李箱和一個個束好的木箱。

「是啊，剛剛從柬埔寨回來，大家都忙著搬行李呢。」他雖然聲音輕細，但不會娘娘腔，除卻第一印象的誤會，似乎也是個豪爽的人。

「啊！」老闆想到了什麼，轉頭鑽回車上，他一踏上去，整臺車就劇烈晃動，彷彿有什麼凶猛的野獸在裡面掙扎。老闆走了出來，將手上的東西塞進死鬼手裡，「來來來，這是紀念品，請不要客氣。」

我仔細一看，是個約莫手臂長的木雕人偶，穿的應該是當地傳統服飾吧，還挺可愛的。

「我還以為柬埔寨那裡到處是埋著地雷和布滿游擊隊的叢林，看來當地的風俗民情都被大家忽略了。」死鬼看著木雕說著符合高中生的臺詞。

「對啊，那是當地用來下咒的娃娃，據說很靈驗，我還買了個等人高的，就在貨車上。」老闆笑呵呵說。

這時，快遞人員正從他們的車上吃力地搬下一個巨大的長型木箱，尺寸就跟棺材差不多，老闆和其他員工都去幫忙抬。那裡面就躺著老闆買的巨大下咒木偶，那麼大的話，被詛咒的人應該全家三代都跑不掉了。

噁，旅館裡那些噁心的擺設又要多一堆了。

「哎呀，老公，你怎麼送那種東西給人家，要拿就拿比較可愛的那些嘛。」老闆娘轉身看到死鬼手裡拿的東西尖聲抱怨道。

「妳懂什麼，這才是最能代表當地的特產，這位客人很有眼光的。」老闆以大男人主義的口吻說著。

……我想最能代表柬埔寨的東西應該是手榴彈和機關槍吧。

當天晚上，旅館裡所有的客人都要離開了，那群女大生叫了計程車上山來接她們，大家都依依不捨地和死鬼與賤狗道別。可惡的賤狗對其他人就一副乖順的樣子，真是隻偽君子！

我和死鬼走到停車場，這裡依然停了滿滿的車子。

「這裡其實還不錯，如果我有身體的話。不要有隻那三兩鬼就更好！對了，她今天一整天都沒出現煩我們耶，該不會是知道自己的醜事被挖出來了，不好意思吧？」

「鬼魂很少會在白天出沒，除非是陰氣極重的地方。」死鬼一邊將車牽出來一邊道。

「那你為什麼可以沒事晃來晃去的？啊，因為你是有黑令旗的惡鬼嗎？那為什麼那三兩鬼沒有？」我的手揮來揮去吸引賤狗來咬我，不過牠完全不理我，看來牠也知道現在沒法對付我。

「目前還不確定她的死因，我也說不準。我所知道的冤魂有兩種，一種是像我這樣經過准許上來索命的，另一種就像她那樣，一直在人間遊蕩沒能去投胎的。」死鬼戴上安全帽道。

「為什麼會有這種差別？」

「可能是轄區不同吧，底下的政策是採地方分權，每一區的規定都不一樣，我想這區的負責人應該特別懶惰。」

靠！這就是公務員……我騎上了後座，死鬼一催油門，車尾燈在黑夜留下一道紅色的軌跡。

Chapter 4

調查行動

我打量著剛剛在半路上逼著死鬼載我去買的超巨型雪寶玩偶，約有賤狗那麼高，醜得不堪入目，那是我在店裡能挑到的最讓人看不順眼的東西了。

我故意站在那東西旁邊朝賤狗擠眉弄眼，牠只打了個大大的哈欠，便趴在牠的毯子上睡覺，完全不像在旅館一樣吠個不停。

唯一的收穫大概是死鬼臉色僵硬地拖著雪寶去結帳，被店裡和路上所有人投以注目禮，真是太好笑了。

死鬼將玩偶扔在角落，預計隔天拿去商店退貨。

我躺在床上，百無聊賴地看著電視，問道：「喂，死鬼，你說要怎麼調查那女鬼的同事？我們連他們的名字都不知道。幫我轉臺啦，我不想看這臺。」

「靠你的人際關係。」死鬼剛洗完澡，一邊擦著頭髮道，完全無視我轉臺的要求。

「什麼關係？我老爹嗎？他只是個糟老頭子罷了，還是做不太光彩的生意，認識的人也只有一些下三濫而已。」我從床上坐起，「真麻煩，為了那個三八要這樣勞師動眾……」

講到一半，我驀地打了個寒顫。

死鬼見狀問道：「你感冒了？」

我正想回話時，賤狗突然狂吠起來。我和死鬼回頭一看，只見牠對著雪寶吠個不停，還撲上去對著它的肚子瘋狂撕咬。

死鬼連忙將賤狗拖開，牠還是一直狂吠。死鬼教訓了牠一頓，牠才垂頭喪氣地趴在一旁，但仍目露凶光盯著醜到極點的雪寶。

「沒想到這真的有效。」我目瞪口呆說著，「不過雪寶的魅力倒是比丘巴卡大得多了，至少賤狗沒咬旅館裡那些東西。」

雪寶肚子上的縫線都綻開了，露出白色的棉絮。死鬼抓起雪寶、打開衣櫃就塞了進去。賤狗目不轉睛地瞪著，彷彿跟它有什麼深仇大恨。

「我看還是不要再買這種東西了，省得賤狗精神錯亂。」我竊笑道。「剛剛說到我老子吧？」

「不是你父親，是你不久前認識的人。」死鬼邊安撫賤狗邊說。

「誰啊？你賣什麼關子，直接說不就好了？」

「……」

「誰啊，該不會是你的債主吧？這麼不甘願就找別人啊。」看死鬼一副龜龜毛毛的樣子，到底是誰啊？我仔細想想，最近認識的有力人士……啊！

我大叫：「我知道了，是蟲哥！你說的是蟲哥對吧？」

死鬼微微點了點頭。

雖然蟲哥也是條子，但人很隨合開朗，就是一副鄰家大哥的樣子，只是有點迷糊，但這種傻大個的個性倒是和我處得挺好的。

我難掩興奮之情：「要找蟲哥啊，太好了，我也很久沒看到他了，不知道他最近是不是出槌被降級了。」

死鬼斜眼睥睨我道：「你很開心？」

「當然囉，他一點都沒有條子的架子，上次還借我PS3和A……只是到現在都沒得看。」我瞪了死鬼一眼，「為什麼你不想找蟲哥？你欠他錢喔？不過說到要調查這種情報問他最快了，不可能有其他警察比他還笨的，隨隨便便就把情報跟外人說。」

死鬼不置可否地哼了一聲。

看到他這樣，我更確定了他們一定有什麼糾葛。蟲哥雖然有點呆，但他的外表絕對沒問題，再加上傻乎乎的個性，說不定能激起女性的母性本能……

哼哼，八成是這樣，自詡在女人中很吃得開的死鬼，在蟲哥面前慘遭滑鐵盧，所以怎麼樣都嚥不下這一口氣。

我憐憫地對死鬼道：「你應該慶幸不用以你之前上司的身分去找蟲哥，我了解的，你是他的手下敗將，再去找他一定很沒面子吧？你放心，你就用我的身體吧，雖然沒辦法親自跟蟲哥聊聊天還挺遺憾的。」

「你說什麼手下敗將？」死鬼皺眉問道。

「嘿嘿，你別裝了，蟲哥一定搶過你馬子對吧？所以你到現在還懷恨在心。」我奸笑著說，到時候我一定要問問蟲哥有沒有對付死鬼的好法子。

「我只是還沒做好準備再面對本以為不會再有交集的人，尤其還要用你的身體，小重很有可能發現不對勁。」

「嘖！我還以為你們之間一定有什麼驚天地、泣鬼神的恩怨咧。」我失望說道。

「你所謂的思考只能得到這種結論？」死鬼冷笑著說。

我報復性地踢他一腳，死鬼不以為意，倒是賤狗看到我的舉動開始狂吠。我連忙叫牠住嘴，這時已夜深人靜，我一定會被怨恨死的。

「閉嘴，你這隻笨狗！我根本沒踢你到的主人，你不要再起肖了！」

賤狗絲毫不為我的謊言所動，依然不屈不撓地吠。

我伸手去搖死鬼，他才一副心不甘情不願的欠揍樣子制止了賤狗。

「你也該學著好好和 007 相處了，我從沒看過牠這麼討厭一個人。」死鬼說教著，好像都是我在無理取鬧。

「拜託！要我跟賤狗好好相處？除非ＩＳＳ停止侵略、發布和平宣言！這想也知道不可能！」

死鬼挑我毛病道：「你是說ＩＳＩＳ伊斯蘭國？ＩＳＳ是國際太空站，距離差了不只十萬八千里……啾！」

死鬼打了個小噴嚏，我抓住機會指著賤狗說：「一定是過敏啦！趕快把牠丟掉就不會有這種困擾了。」

「不勞你費心。只是你的房間不知道為何室內溫度比室外還低？」

「那不重要啦！我跟你說清楚，分明是牠不分青紅皂白隨便咬我，此仇不報非君子！」我怨毒地看著賤狗，牠不痛不癢地用後腳搔了搔脖子上層層堆積的皮。

「連 007 都知道不要跟你計較，你還和牠吵什麼？」

死鬼竟然拿我和賤狗比，而且很明顯是我輸了。

「我懶得跟你抬槓！我問你，在我回去身體之前你要幹嘛？」我問。

「上課。總不能因為靈魂出竅這個理由就讓你荒廢學業。」死鬼理所當然地說道。

這分明是相當充分的理由！我一口回絕：「不行，哪能讓你這樣去上課啊！更何況我平常也是照樣荒廢學業，要是你遇到我的兄弟們該怎麼辦？我們平時都混在一起，他們肯定會發現你怪怪的。」

「我記得你的出席日數好像很危險，你父親說不定會送你到某個偏遠蠻荒的國家留學。」死鬼以威脅的口吻說道。

呃……確是如此。我現在的成績岌岌可危，要是再不去上課的話，說不定就要被留級，到時那個老頭子就有藉口把我趕到國外去了，我可不能讓他稱心如意！

「好吧，這兩天還是照樣去學校，但你要避開我的兄弟們，不要跟他們接觸，知道嗎？」我告誡他。

死鬼對我的警告不屑一顧：「我對你的言行再了解不過，就算遇到他們我也能掩飾過去。」

「不行！總而言之，你看到他們就閃，連打照面都不行，更禁止交談！」

「好好，我知道了。」

死鬼舉起手作投降狀，雖然我十分懷疑他的誠信，但也只能走一步算一步。

隔天早上，我厭惡地看著死鬼穿上學校制服，他還一邊說：「穿上制服好像變年輕了，有種懷念的感覺。」

「那你『穿上』我青春的肉體時，沒有感覺變年輕嗎？」我酸溜溜說道，「喂，領子不要拉太整齊，這樣很奇怪耶！」

「我倒是沒有這種感覺，應該說那是一種更深刻的體會……」

「隨便啦，快走。」我催促道。這並不代表我是每天準時到校的好學生，而是我必須避開他們平日上課的時間。

基本上，死鬼穿衣服還挺遵照不良少年原則的，下襬不能塞進褲子，上下兩顆釦子不能扣，褲頭要低到露出色彩鮮豔的四角褲，袖子要捲到不能再捲為止，再配上腰鍊和帆布鞋……雖然是同樣打扮，但就是覺得怎麼看怎樣不順眼。

「我不想挑毛病，但為什麼一般人穿起來都很普通的裝扮，在你身上看起來這麼奇怪？」我納悶問道。

「你終於知道你的打扮多麼不倫不類，而且之前的髮型更難看……」

「才不是我的原因，是你的氣質不適合我這種瀟灑不羈的風格！算了，我准許你褲子不用穿這麼低，袖子也可以放下來一點。」我指揮著死鬼道。

「可以了？再這樣下去可能就會碰到不該碰的人……」

「好啦，快走！」

走在路上，我的眼皮猛地跳了跳，腦子裡某根神經抽了幾下，察覺到被一道視線盯著，讓我不寒而慄。沒想到靈體也會感覺這麼清楚的生理反應？我左看右看，沒看到什麼可疑的人。

「死鬼，我覺得好像有人在監視我們。」我拍了拍死鬼警戒地說。

「我感覺不到任何異常。」死鬼直視前方輕聲說道。

照理說身為靈體的我大部分的感知應該還是來自於尚存在連繫的肉體，但占據了那具身體的死鬼卻無法感受到我所察知的，難道因為死鬼不是身體的主人所以無法像我如此清楚地感覺到？

我們以飛快的速度到了學校，每一堂下課我就立刻衝到廁所，直到上課鐘響才進教室，避免了和其他人接觸的機會。不過上了四堂課後，我開始佩服周遭人們的觀察力，才短短一段時間，大家似乎就發現了「我」和平時的不同。

班上幾個平時沒有交集——應該是說不敢跟我有交集的人，都察覺了「我」今天似乎特別有親和力，還主動來找死鬼說話。

我真是想詛咒死鬼，他根本是故意的！平時他也一副生人勿近的模樣，但今天他臉上一直特意掛著微笑，四周彷彿閃耀著「我已經改邪歸正」的光芒，我只能詛咒他笑到臉抽筋！

所幸我的哥們到中午就不見人影了，我才得以撐到下午放學。

我催促著死鬼趕快回家。在走出教學樓時，迎面遇上一群人，好死不死就是我提防了一整天、最不能見到的人。

「老大，你今天一整天怎麼都不在？中午也沒過來吃飯，你忘了我們今天說好蹺課？你隔壁說你每堂下課都往教室外頭衝，你吃壞肚子？」胖子的大嗓門在學校裡迴盪著。

靠！我暗自叫苦，趕緊跟死鬼說：「你跟他們說你有事要先走。」

死鬼竟然把我的話當耳邊風，微笑跟他們啦咧道：「我去教訓幾個一年級的，忘記跟你們說了。」

「有這種好康竟然沒叫上我們?!你真是太不夠意思了！」小高怪叫著。

阿屌盯著「我」的臉看了好半天，突然說道：「你今天怎麼有點不一樣啊？」

我心下一驚，看到其他人聽到這話時，全都湊上來看著死鬼，我只能在旁邊不斷提醒死鬼不要露餡。

「哪有什麼不一樣？我一直都是這樣啊。」死鬼模仿我的語氣說著，嘴角又上揚了幾度。

「不，不一樣！」阿屌堅決地說。

……天殺的！你這死阿屌平時總是睡眼惺忪的，怎麼就選在這時候展現你的觀察力！

一直站在旁邊的菜糠忽地擊個掌，露出像是發現新大陸的模樣叫道：「我知道了，好像是變帥了！」

「欸，真的，看起來春風滿面的。我早就懷疑了，你……一定是有了馬子！」小高大聲地說。

死鬼竟然順著他們的話說：「答對了，所以我今天要去約會，要先走一步囉。」

胖子一臉震驚，悲痛地說：「我們幾個不是說好要同甘共苦嗎？你怎麼可以丟下我先交女朋友啊？叛徒！」

阿屌抓著胖子後領罵道：「要等你這傢伙交女朋友，我們全都要當一輩子處男了！」

胖子面孔扭曲對著我大聲道：「你竟然有了馬子忘了兄弟……你忘記當初我們斬雞頭、燒黃紙，喝交杯酒後歃血為盟嗎！」

……誰跟你喝交杯酒啊！

只見他們幾個人拉住了激動的胖子，還一邊叫我快走。死鬼拋了個意味深長的微笑，便轉頭往校門方向離開。

「我處理得還不錯。」死鬼一臉笑意。

「不錯你個頭啦！你留了個爛攤子要叫我怎麼收拾啊？」我罵道，「到時候他們一定會起鬨叫我帶馬子去，你叫我要帶誰去？帶你嗎？」

「你就說分手了就行了，你們這年紀的感情本來就是分分合合。」死鬼一副過來人的樣子。

「哪這麼簡單啊！他們會逼問我在哪認識、有沒有照片、進展到幾壘了，一定會打破沙鍋問到底的！」

「你就推託說剛失戀要他們給你點空間不要問太多，敷衍過去。」

「這麼悲情的樣子我哪演得出來啊！」我忿忿然道。「別說失戀，我連戀愛都沒談過！」

「那就沒辦法了。」死鬼說完不等我就走了。

「……你給我記住！」我只能說出這種小嘍囉的臺詞。

回到家裡後只能偷得一時的清靜，棘手的問題依然無法解決。我到現在還是沒辦法回到身體裡，雖然死鬼可以代我上課，但他一定會故意找麻煩給我，再加上胖子的無理取鬧，麻煩度更要乘上兩倍。

「不過我演得很好，至少沒人發現我是假扮的……」死鬼邊說邊幫賤狗刷身體，還要把皮翻開才能洗乾淨。

今天是賤狗洗澡的日子，牠乖乖地坐在澡盆裡任死鬼拿水澆牠。以往我幫牠洗澡時，牠一定會邊洗邊甩弄得我滿身濕，再咬上我幾口順便把浴室搞得一團亂。

「廢話！又不是科幻小說，他們怎麼會知道『我』的身體裡是你？拜託你再裝像一點好不好。」

見我在瞪牠，賤狗踱兮兮地將頭轉去一旁。

「沒辦法，這是我的極限。」死鬼無視我和賤狗之間燃起的熊熊烈火說道。

「那你還真沒用。」我故意這樣說，雖然我知道激將法八成沒用。

「流裡流氣又粗俗愚蠢的不良少年模樣我怎麼可能演得出來？我們的氣質本來就不同。」死鬼仍然專注著幫賤狗洗澡，頭也不回地說。

「你這狗嘴裡吐不出象牙的傢伙！趕快去投胎啦，你一走我就可以把那隻大賤狗送到流浪動物之家了！」

我敢發誓，剛剛聽到死鬼那樣講，賤狗臉上的那個噁爛的表情一定是在奸笑，跟牠相處這麼久了，牠翹一下尾巴甩一下皮我都知道是啥意思。

我不爽地離開浴室，隨即，死鬼也帶著賤狗走出來，讓牠在陽臺吹毛……牠根本沒什麼毛，吹皮還差不多。

死鬼拿了吹風機說道：「我想，也差不多該辦正事了。」

「什麼正事？你要去投胎還是相親？」我沒好氣說著。

死鬼打開了吹風機，房間裡頓時充滿了轟轟作響的聲音。他無視我的話道：「我指那個溫泉旅館的女鬼，是時候去問問小重。」

「哇靠，沒想到你會自己提起，我想你和蟲哥感情這麼不好，還不敢跟你講這件事咧。」

死鬼若無其事地替賤狗吹著毛說：「我並不是討厭他，只是有些時候無法和他溝通。至於該做的事還是要做。」

「肯定是你太吹毛求疵，喜歡挑他語病或是糾正他在報告裡的錯字和用詞謬誤。」看死鬼的表情我應該猜得沒錯。「你打算什麼時候去？」

「等一下我先打電話確認，要是可以馬上就去。」

死鬼替賤狗吹乾皮後，就直接撥了電話給蟲哥。只聽他生硬地問著蟲哥事情，掛電話時還一副鬆了口氣的模樣。

「怎麼了？蟲哥不在局裡嗎？」見死鬼的樣子實在太奇怪了，於是我意思性地問候一下。

「他在。只是裝你的腔調跟我熟悉的人說話，實在很彆扭。」死鬼的手抵著額頭，看起來很頭痛似地說道。

我愣了一下問道：「你剛剛哪有裝？我才想問說蟲哥知不知道是誰跟他講電話咧，你沒報名字，而且口氣簡直就像在恐嚇他一樣。」

死鬼無奈地攤手道：「我已經盡量用你的遺辭用句，但我也知道表現差強人意。畢竟已經習慣生前的相處方式，不自覺就帶了命令的口吻。」

我翻了翻白眼，道：「你就把他當成是我，你怎麼跟我講就怎麼跟他講。」

「你要我羞辱他？」

「當我沒說。」

我和死鬼大搖大擺地走進警局大樓，蟲哥已經知會過了，所以一路暢行無阻。只是跟我很熟的那幾個少年隊警員咬牙切齒地瞪著「我」，巴不得將我抓去關個幾天。

破獲在碼頭旁的青道幫交易讓我一舉成名，雖然只限於刑事局內，而上層也下達了禁令，不准洩漏我這個重要證人的消息。然而紙包不住火，在這小小的建築物內，我的名聲早傳遍了。

我竊笑著進了電梯，對著死鬼說：「哈哈，你看到那幾個愛找我麻煩的傢伙了吧？看他們一副想把我抓起來屈打成招卻又沒辦法動我的樣子，真是大快人心啊！」

「你才是找麻煩的那一個。」死鬼冷冷道。

「是他們太多管閒事了啦……哇！」

電梯一開始運作，我便感覺到腳下的地板裂開，身體直往下沉。

死鬼眼明手快地抓住了我的手臂，將我拉了起來。我緊緊攀著他的手，這才看到電梯裡的大理石地板光滑如鏡，絲毫無破損龜裂。

……剛剛那是怎麼回事？等我在地板上固定身體之後，就想起死鬼以前也有這種問題——無法站在移動的地板上！

這毛病直到最近我都曾拿來取笑他，現在總算是親身體驗了。至少他還有實體化的能力，而我只能抓著他以免自己一路掉進地下室。

死鬼從頭到尾不發一語，電梯裡一片沉默。在電梯樓層到達時，我才道：「我錯了，不應該揪著這點不放。」

「……」

叮了一聲後電梯打開，立刻看見電梯前的來訪人員等候區，蟲哥正坐在其中一張長椅上，拿著電話講個沒完。

一見到「我」，蟲哥臉上露出燦爛的笑容：「嗨啾，你來了啊，快進來吧。」

聽到蟲哥非常智障地打招呼，死鬼很勉強地浮出個僵硬的笑，一臉便祕的樣子。

「哈啾！」蟲哥打了個大噴嚏，不好意思地揉揉鼻子說：「空調溫度好像太低了，突然冷了起來，哈哈。」

我們跟在蟲哥後面。我皺眉向死鬼說：「拜託你，笑不出來就不要笑，人家看到還以為你臉抽筋。」我捏著死鬼的臉想阻止他繼續做出這麼奇怪的表情。

進了辦公室一坐下來，死鬼清了清喉嚨，聲音聽起來很乾澀生硬：「有件事很難啟齒，你可能不會相信……」

第一次聽到死鬼說話如此不流暢，不過蟲哥似乎沒察覺。

「之前發生在你身上的事就夠離奇了，我想不相信也沒辦法。」蟲哥微笑，露出潔白的牙齒，差點沒把我閃瞎了。

「這傢伙也太陽光了吧。」我嘟囔著。「死鬼，你快點行不行？別勉強裝成我，我猜蟲哥也不會發現的。」

死鬼微嘆了氣，一改剛才的彆扭樣子，一副公事公辦道：「那我就開宗明義地說了，你知道之前那件發生在溫泉勝地的案子吧？」

「溫泉……哈啾！」蟲哥吸吸鼻子，歪了歪頭思考著，「沒印象耶。」

死鬼不耐煩說道：「就是一個女報社記者嗑藥溺死的案件，我想你應該知道。」

「喔！」蟲哥恍然大悟，「那個喔，我記得……記得……我好像經手過。你問這幹嘛？」

「那女人的死可能另有隱情。」死鬼簡單明瞭地說。

「你怎麼知道？你認識她嗎？」蟲哥狐疑道。

「算是吧。」死鬼道，「她……託夢給我。」

蟲哥聽了瞪大了眼睛，一臉不可置信道：「她託夢給你？天啊，你是通靈者嗎？之前青道幫火併你也說是組長託夢給你，還因此抓到了殺害組長的人。死者都會託夢給你嗎？你能找到那幾件懸案的凶手嗎？還有其他被害者聯絡你嗎？」

見蟲哥一臉興奮，好像在我身上看到了曙光，似乎我就是福爾摩斯靈異版，可以解決所有幾十年還沒破的案件。

「我不會通靈，更沒有陰陽眼，只是湊巧他們兩個託夢給我罷了。」死鬼斬釘截鐵地說，不打算給蟲哥一點希望。「那女人是我兩天前去溫泉旅館度假時遇到的，當然是在夢中。她說她到現在還沒辦法投胎，希望我幫她查明。」

蟲哥露出失望的樣子，道：「嗯，我要看一下檔案才行。」說完便打開了電腦螢幕，開始劈里啪啦地敲打鍵盤。

「咦？不是這個的樣子……啊，我打錯了。」

蟲哥手忙腳亂折騰了好半天，死鬼的臉色越來越難看。我不禁開始同情死鬼，有這種屬下，當初他應該也很辛苦吧。

「啊，找到了，我看看……嗯……呃……那……」他看了許久，說不出個所以然。

「你看完了吧，有什麼問題嗎？」死鬼硬生生插嘴道。

蟲哥這時才注意到，露出個歉意的笑容：「不好意思，不過這名死者從檔案上看來，應該沒什麼問題啊，她有嗑藥的前科，就是那些夜店裡常見的。驗屍後也證明她是睡著後溺死的，她的同伴經我們調查也沒有嫌疑。

「而我們當初主要調查的是她的藥品來源……」蟲哥壓低了聲音道，「理所當然是青道幫。」

死鬼看起來一點也不驚訝，平淡地問：「那幾名同事沒有嫌疑？她溺死當時他們都有不在場證明嗎？那些毒品跟他們有關嗎？」

「根據調查，那三人都沒有殺害她的動機或證據，採集毛髮和尿液檢驗，也呈陰性反應。」蟲哥盯著螢幕道。

「他們的住址是哪？」死鬼隨口問道。

「一個住在……啊，這我不能跟你說。」蟲哥盯著死鬼道：「這個案子已經結案了，你一個小孩子不應該插手管。雖說我相信你的能力，但鬼魂的要求是不可以當作辦案理由的，如果大家都看得到當然就另當別論啦，哈哈。」

「對了，你會不會一些可以讓人看到鬼魂的法術啊？像是牛眼淚或柚子葉，還是開天眼之類的……」

死鬼打斷他道：「我還有事，告辭。」說完便迅速地站起來。

「欸？真快。」蟲哥也站了起來，送死鬼到門口：「關於這名死者的事，很抱歉沒辦法幫你，我不可能因為你說她託夢給你，就跟上級說這件案子有問題。我們只能用科學辦案，沒有證據，只憑些在別人眼裡是怪力亂神的事情，我實在無能為力。」

「沒關係，這是你的職責所在。」死鬼平淡地說。

「你趕時間就快走吧，不耽誤你約會。」蟲哥三八兮兮地說：「嘿嘿，是馬子對吧？真可惜，本來想跟你好好聊一聊。乾脆下次我們一起打電動，我正愁找不到對手……」

死鬼目光凌厲冷酷地說：「我不習慣和外人相處。」外人兩字還特別加重發音，一副拒人於千里之外的樣子。

蟲哥像是沒察覺死鬼的言中之意，自顧自道：「是喔。好吧，那我不找其他人一起來，本來想說樓下幾個新進的女警員都很喜歡打電動……」

死鬼不等蟲哥說完，頭也不回就走了。

我急急忙忙跟上去，罵道：「你很沒禮貌耶，就算蟲哥講了白痴話，你也不應該這樣啊，會害他誤會我很閉俗耶。」

「剛剛該看的你看了嗎？」死鬼只冷冷拋下一句。

「看了啦，趁蟲哥廢話一堆的時候都記起來了。我現在說，你趕快記，我差不多要忘了。」

我將看到的女鬼的同事資料背給死鬼聽，從毛毛、小喬到錢嫂，每個人的地址和電話。

「好了，什麼時候要去找他們好好聊聊？」我摩拳擦掌說道，「要是他們不乖乖就範的話，可以找我的兄弟來，拖他們到偏僻的郊外刑求……」

「你想太多了，我們是要去『請教』他們，而不是一開始就把他們當嫌犯看待，你這樣只會害得別人什麼都不敢講。今天已經很晚了，明天再繼續。」死鬼看著手中的筆記本道。

出了電梯，死鬼在派出所員警的「熱情」目送下走出了大門。

「唉……對了，話說剛剛提到青道幫，琛哥還真的都沒來找我耶。」前一陣子我著實擔心了很久，怕琛哥會調查出我是誰，然後把我切碎了去餵魚，不過目前看來，他似乎沒這個意思。

「他大概認為我們不足為懼，雖然知道我的身分，而他要查出你是誰更是輕而易舉，說不定是想留著給他解悶。」

拜託不要吧！琛哥根本是超級開外掛的。

我苦著臉說：「那我要不要去學一些驅鬼符還什麼的啊，這樣才能跟他勢均力敵吧。其實我之前偷偷買了一本符咒密法的書……」

死鬼白了我一眼：「琛哥是人！你學那些也沒用，除非你想驅逐我。」

喔，這聽起來倒是挺有誘惑力的。見到死鬼凜冽的眼神，八成知道我在想什麼，我趕緊道：「那怎麼辦？像你說的以逸待勞嗎？」

「我也不想跟他交手，總之現在他沒動靜，我們就按兵不動……我可不能保證再次跟他對壘能不能像上次一樣全身而退。」死鬼思忖道。

……靠！沒想到這傢伙也這麼俗辣！

見到我藐視的眼神，死鬼也不以為意，繼續說著：「嗯，007 該去散步了。」

嘖！又是那隻死狗……我靈機一動，興奮說道：「不如我們去找那些傢伙問話的時候帶著賤狗一起去！如果他們作賊心虛的話，說不定賤狗察覺得出來，電視不都是這樣演的嗎？」

「007是緝毒犬，怎麼可能有這種能力？不過，要是他們和毒品有關係，牠倒是可以發揮所長。」

「那賤狗終於有用處了，不枉我白養牠這麼久。」我欣慰說著。

「你到現在都沒什麼幫助，牠比你有用多了。」死鬼冷笑說。

PHANTOM

Chapter 5

女鬼加入

AGENT

因為「我」還未成年，死鬼騎車時都盡量繞小路，或是較少有警察臨檢的環河道路，這種車少的路騎起來很是過癮。

我坐在死鬼後面，瞇著眼睛，緊緊地抓著他，路旁的景物呼嘯而過，風強得幾乎要將我吹上空中了。成為靈魂體之後，騎車簡直像坐雲霄飛車一樣。

我突然想挑戰人類的身體無法做到的事，便附上死鬼耳朵旁大聲說道：「喂，死鬼，你再騎快一點！」

「……你要做什麼？」死鬼戴著安全帽，聲音瞬間就被風吹散了。

「你看就知道了。」我說完正想放開手時，車身突然一陣劇烈震盪。

「呀啊啊啊啊！」

死鬼用力將東倒西歪的車子扭回來，避免我們直接飛出去之後，回頭大罵：「你搞什麼?!」

「不、不是我啦！是後面的啦。」我趕緊澄清，省得死鬼將我丟下車。「我才要問，你幹嘛叫得那麼娘？害我整個頭皮都發麻起來。」

死鬼沒說話，我想剛剛不小心脫口而出的尖叫也讓他覺得丟臉。

我再次回頭看清楚，一輛嶄新的轎車緊跟在我們後頭，應當就是適才擦撞了我們的那輛車。由於路上車少，那輛車這樣緊黏更是顯得奇怪。

死鬼加快了速度想要遠離後面的車，但對方竟然也鍥而不捨地追了上來，無論死鬼怎樣左彎右拐，那臺車都緊追在後。

「喂，死鬼，那人是不是酒駕啊？」我大聲吼著一邊向後看，只看到那輛車的擋風玻璃似乎貼了層隔熱貼紙，看不到駕駛座上坐的是什麼人。

「不可能，他路線開得很直，我換車道他也跟著換。我想，那輛車可能是針對我們的。」死鬼頭也不回說著，速度一點也沒減慢。

針對我們?!我大叫：「一定又是你這死鬼做了什麼事對不對！我就知道，這幾天一直覺得有人跟著我們，跟你說還不信！」

「閉嘴。」死鬼冷冷拋下一句，又加快了速度，引擎轟隆作響發出悲鳴聲，我心裡不由得開始擔心我的空軍一號夠不夠耐操。

這時候應該要拐進小巷子或小路的，這是逃避追蹤最好的方法，但在環河道路上，根本沒有小路可以鑽，道路兩旁也用巨大水泥塊擋住了，我們等於是被困在這條路上。

前方一個大轉彎，死鬼沉聲說道：「抓好。」

我使勁吃奶力氣抓著他，即將轉彎時，死鬼沒減速就衝進彎道，整臺車向右傾斜壓得極低，似乎再斜個一吋就會打滑飛出去。我心裡不斷念著南無阿彌陀佛，眼睛都不敢睜開了。

死鬼以前該不會也當過飆車族吧？竟然使出這種平常只有在賽車或是機車廣告才看得到的壓車技巧。

出了彎道，死鬼猛然扶正了車子，我提到嗓子眼的心臟這才落回胸腔裡。

我驚魂未定地說：「你這傢伙！要耍特技之前至少先提醒我吧，害我剛剛差點嚇得剉賽……你哪裡學來的啊？」

我從後照鏡看到死鬼依然一臉凝重，趕緊回頭一看，那輛車竟然還是追了上來！

就在這時，後面的車又輕輕撞了我的車屁股，而這輕微的擦撞對於高速行駛中的車卻是致命的舉動。

車子傾斜滑了出去，我一時沒能坐好，下半身滑動，整個身體凌空向後飛起，只剩兩手仍緊緊抓著死鬼的脖子。

死鬼像表演特技般硬是拽著龍頭把車拉了回來。登時，因為失去了前方死鬼身體的遮蔽，我直接承受了迎面而來的強大風壓，那力道之大連我的手都抓不住了，我感覺到自己的手指一根根地鬆開。

我只能在心裡慘叫，這樣飛出去，希望不會對靈魂體造成什麼傷害。

就在我手指鬆開的那個瞬間，死鬼一隻手迅速向後拉住我的手臂。他單手操控龍頭保持車子穩定在路上，一手扣住我的手腕，看起來實在很吃力。

「死鬼，放開我，反正我不會受傷。你好好注意我的車不要『雷殘』就好了。」我大叫，一邊想掙脫死鬼的手。

「不要亂動！」死鬼大吼，手上的力道又重了幾分。「抓好我的手！」

死鬼不會在這種關頭丟下我，我再怎麼說都是浪費口水。

我攀著他的手臂奮力往前爬，死鬼用力往前一帶將我拖回了車上，我兩腳勾著他的腰努力將屁股挪到後座。我這次就學乖了，像無尾熊一樣牢牢抱住前面的死鬼，也顧不得這樣有多難看了。

後方那輛車再度靠了上來，來勢洶洶，似乎想要一舉擊潰我們。

死鬼突然伸手開始解他下巴的安全帽扣環。我驚慌大叫：「你幹嘛?!你給我好好戴著，要不然等一下摔到我的腦袋你要怎麼賠我啊！」

死鬼不理我，逕自摘下了安全帽，然後向後用力一擲。

我連忙回頭，看到安全帽不偏不倚砸中了那輛車的擋風玻璃。那輛車打滑了一下，但馬上回到原本的路線，除了玻璃上留下的如蜘蛛網般的裂紋。那駕駛似乎完全不當一回事，還是保持著一定的威脅距離。

「我操！這樣都不行？」我大罵，一邊想著還有什麼東西可以丟，這時才後悔沒帶賤狗出來，把牠丟出去一舉兩得。

死鬼蹙著眉頭，我從後照鏡看到「我」的臉上是前所未有的肅殺表情。

「騎快一點！我的空軍一號還可以再快！」我一邊叫著，看到儀表板上的指針已經接近極限了。

死鬼僵著臉猶豫了一下，然後露出下定決心般的表情，用力催了油門。引擎發出快要解體的聲音，空軍一號以絕對違規的速度奔馳著，而後方的轎車依然窮追不捨，看樣子，他似乎非要置我們於死地不可。

前方，遠遠地我看見橫越的車流，心中暗喜，已經接近環河道路的尾端了，只要能到車多的路上，想撞我們還沒那麼容易。後方的追擊者也察覺到了，一下子就靠近我們的車屁股。

死鬼維持高速開始蛇行，雖然很危險，但也只能靠這樣暫時離開追撞範圍。那輛車相當快，可是論機動性絕對比不上相較起來要輕巧的機車。

忽然，那輛車加快了速度到我們隔壁車道，兩臺車現在齊頭並進。我心下慘叫糟糕，大概是因為從後面追不到我們，所以他先卡住了旁邊的位置不讓我們再鑽。

那輛車驟然向我們迅速靠過來，應該是想把我們直接撞出去。死鬼手鬆開了油門減速，一下子我們就掉到那車子後方了。

那車想撞我們沒撞到，一個打滑轉了好幾圈才停下來，死鬼趁機再度加速一口氣超過，但那車不屈不撓地馬上轉了方向又開始追。

我不禁咋舌，這輛車該不會是真是Ｆ１的改裝車吧，瞬間加速實在快得恐怖。

我一抬眼看見前方出現紅綠燈，已經進入倒數讀秒階段了。死鬼毫不減速，在變成紅燈的瞬間衝過馬路。

隨即，我們後方的左右向來車開動，切斷了追擊者的前路。

死鬼降低速度，好讓我的空軍一號快被操爆的引擎可以喘口氣，但仍不敢停下來，一邊注意著後方一邊緩緩貼著路肩行駛。那輛車也停下來，看來是放棄追蹤我們了。

「他沒追上來耶。」我心有餘悸，擔心那輛車會不會又突然從前方鑽出來給我們一撞，「對了，剛剛那傢伙會不會是琛哥派來的？」我問。

死鬼沒戴安全帽，頭髮在風中飛揚：「我們回來這幾天也沒遇上什麼事，去了警局出來就被盯上，看來對方也不確定我們是否掌握到什麼，所以一直暗中觀察。至少可以確定不會是琛哥，應該是其他人。」

「果然！肯定有人怕我們知道女鬼的事！」

「我不知道，這就表示我們的一舉一動被對方看在眼裡，接下來行事要更注意才行。從明天開始改搭乘大眾運輸系統，這樣他們要跟蹤也沒那麼容易得手。」

回到家裡，甫一打開門，賤狗就邊狂吠邊朝我衝過來。雖然牠碰不到，但我還是被嚇得措手不及、一屁股跌坐在地上。死鬼連忙拖走賤狗，而牠還不斷對著我吠。

「爛狗！你鬼叫個三小，老子是欠你錢喔？」我憤怒地對著賤狗怒吼。

死鬼拉起我，一臉若有所思說道：「007 的舉動一定有牠的理由在……」

「對啦！牠的理由就是看我不順眼啦！」

「噓。」死鬼做了個噤聲的手勢，看向我身後。

我轉過頭，見到賤狗正發出「吼嚕嚕嚕」的聲音，盯著空無一人的地方。

「……牠是看到鬼喔？」我在死鬼旁邊耳語道。

死鬼微微點了點頭道：「剛剛的追撞讓我發現了一件事，你聽到的尖叫聲屬於其他人。」

我還搞不清楚他是說真的還是唬爛，他已經走到賤狗面前，猛地拉開我的衣櫥，一個巨大的東西掉了出來。

……原來是雪寶。

我沒好氣地說：「靠，我都忘了還有這鬼東西，害我剛以為是屍體咧。」

死鬼一語不發，從地上扯起巨大的雪寶，一手拿下我掛在脖子上的護身符，就往玩偶的頭上按去。

「呀啊啊啊啊！」

一陣刺耳的尖叫從雪寶的嘴裡發出，就像是剛剛我以為是死鬼發出的聲音。

一坨東西從玩偶的身體裡浮出來，跌在地上。那東西的花色看起來很熟悉，白底藍花，還是布面的……

死鬼冷冷道：「我會聽妳的解釋來決定如何處置，希望妳有個好理由。」

非常不雅地跌在地上、披頭散髮的「東西」，就是那個三兩鬼。

女鬼哭喪著臉從地上爬起來，一邊抱怨道：「你怎麼可以這樣對女生？真是沒紳士風度，不過有點壞壞的個性也不錯……」

死鬼打斷她發花痴，厲聲道：「妳跟著我們做什麼，說！」

女鬼畏畏縮縮看向我，我聳聳肩讓她跟死鬼說，她只好轉回去道：「人家只是閒著無聊，和你們一起下山罷了。」

「看來進到你身體裡，我也變得遲鈍了，竟然讓她跟了這麼久都沒發現。」死鬼嘆口氣道。

「屁啦！你就承認你在老化了吧！」我指指死鬼手上拿的護身符說道：「那個怎麼有效？那應該是假貨吧，對你沒用啊。」

「這有沒有效力我不清楚，不過這是很古老的犀角護身符，相傳燃燒犀角可以見到不可思議的事物，我倒是不知道也有其他效果。」死鬼將護身符翻來覆去仔細端詳。

我忍不住湊上前觀看，嘖嘖道：「我一直以為我老爹被騙了，那發綠的東西竟然真的是犀角？原來犀角還可以當照妖鏡來用喔。」

女鬼袖子掩著臉，嘻嘻笑道：「不是啦，人家剛剛是一下子看到那東西還以為是捉鬼的，就嚇得跑出來了。」

「……」

不過我終於知道這幾天的違和感是哪來的了，抱著手臂數落道：「難怪我這兩天都覺得渾身不對勁，還以為是賤狗長跳蚤咧，而且死鬼沒事就會全身發冷打噴嚏，原來是因為妳這掃把星跟著。」

女鬼嘟著嘴正想抗議，我又想到：「妳也跟著我們進了警局對吧？蟲哥也有相同症狀，一定是妳對著他發射花痴電波對不對？」

「放……你別亂說！雖然那一位也很帥啦……」女鬼應該是顧及死鬼在場，所以沒敢說出那粗俗的字眼。

「妳怎麼能進警局？照理說一般鬼魂無法承受那種陽氣。」死鬼問。

對齁，當初死鬼要進去還要我跟著才行咧……

「人家躲在你的包包裡面啦，不過人家不覺得有什麼不對勁啊。」

「……怎麼躲的？」我困惑問道。那個背包容量很大，但不可能塞得下一隻女鬼啊。

「咻一下就進去啦！」

女鬼說著，身體突然化成一陣煙霧，在空中盤旋一圈後就往放在地上的背包衝去，隨即消失在背包裡。

「就是這樣。」女鬼得意的聲音從背包裡含糊不清地傳出來。

「死鬼，這招……你不會吧？」

死鬼搖搖頭。

我嘀咕道：「當鬼都這麼久了還一直這樣半吊子，電視上的鬼都有靠念力移動花瓶或是飛天遁地的能力，就你什麼都不會。」

女鬼從背包裡鑽出來，再度化為正常大小。看來每個鬼魂都有不同特技，死鬼可以實體化，女鬼可以隨意變化身體大小、附身在其他物品上，而她附身時就看不到她的存在了，難怪她可以跟我們這麼久不被發現。

「喂，妳該不會在死鬼洗澡時就附在蓮蓬頭或沐浴乳瓶子裡吧？」一知道女鬼的這項特技，我的神經就緊繃起來。

「哪、哪有啊……」女鬼眼神飄移、心虛地說著，「人家都是去別的地方看啦，反正看一下也不會少塊肉。」

我默默挽起袖子，決定要替天行道，除掉這個下流的女色鬼。

死鬼阻止我，對女鬼道：「跟著我們對妳沒有好處。我有個仇家擁有消滅鬼魂的能力，要是遇上，我們都跑不掉。妳應該回去等我們的消息。」

「仇家？你們的敵人好多喔，除了青道幫還有捉鬼天師？」女鬼瞪大眼睛說。

「妳怎麼知道青道幫？」我瞪眼問她。

「你們剛才說的啊。而且人家也有看到其他人要對你們不利。」

「其他人？」死鬼挑眉問道。

女鬼瑟縮了一下道：「是、是你們從旅館回來隔天，突然就有人開始跟蹤你們了，今天撞你們的人也是從出門後就一直尾隨在車後。」

「妳認識嗎？」

「人家不認得他們，不過我鑽到車子裡聽到他們講電話，好像是青道幫的人。」

我和死鬼面面相覷，該來的還是會來，琛哥終於有動作了。

「至少可以確定，那些人不是針對我們調查那三……」我硬生生將「八」字吞了下去，「你還信誓旦旦地說琛哥不會有動作咧，看來你還真是不夠了解他。」

「這真不像琛哥的作風，那些人的行為似乎只是要警告罷了……」死鬼沉吟道，「不管如何，這裡是不能再待了。」

死鬼迅速地收拾武器細軟，牽著賤狗，旁邊跟著我和女鬼，一群人準備逃難。

剛走到樓下，我聽到身後傳來巨大的碎裂聲，我們同時回頭，只看見身後不到兩公尺的地上有一堆摔得粉碎的白色物體。

「是石膏。」死鬼相當冷靜地說。

我抬頭往上看，這只是一棟普通民宅，窗戶或陽臺都不見人影。「這……也是警告嗎？」

「好恐怖喔！」女鬼在一旁嘰嘰叫著，賤狗也不甘示弱對著她吠。

「都什麼年代了，還用丟維納斯石膏像這一招，叫他們去學點新把戲再來吧！」我不屑說著。之前我好幾次逃離鬼門關，這種招數現在看來實在是小case。

「摔成這樣你還看得出來是維納斯？」死鬼皺眉問。

「鬼才看得出來！」我指著地上簡直像麵粉一樣的東西說，「不過電視上都是這樣演的，從高處丟下來的都是維納斯。」

「……說不定是大衛像。」女鬼歪著頭道。

「不可能！電視節目裡要是丟那個露鳥男的話，一定會被家長抗議啦！」

「……」

隔天，好不容易說服了死鬼不要再去學校給我找麻煩，我寧願留級也不要再接受那些奇怪的目光洗禮。

「人家也要去！」女鬼像小孩子一樣耍賴說道，「我也想去看看他們，而且要是他們說人家壞話還是有不實證詞，人家都可以澄清。」

「妳去幹嘛啊？妳還怕人家說壞話？我都沒問妳為什麼當初在旅館沒跟我們說實話咧！」我罵道，「妳這查某明明就是自己拉K恍神的吧？」

女鬼絞著手指頭，訕訕地說：「人家沒有故意隱瞞，是真的忘記了嘛，而且我也不記得我進溫泉前有『那個』啊！」

「騙鬼啦，妳不要也說不記得有帶毒品去！你們該不會是去那裡開溫泉轟趴吧？」

「才不是！」女鬼氣呼呼地說，「我的朋友們沒有『那個』好不好！」

「好了。」死鬼看夠戲之後，出聲制止了我和那三八繼續吵下去，「等我們查出真相之後就知道了，妳想跟就跟吧。」

「啥?!我抗議！」

「噢嗚！」賤狗難得跟我同一陣線。

可惜抗議無效，女鬼來是跟了上來。我們一行人——正確來說只有一個人——繞了市區一大圈，換搭了許多交通工具，風塵僕僕來到了報社大樓前，雖然很麻煩，但也只能這樣來避開跟蹤，而似乎也奏效了，一路上沒遇上任何掉下來的花盆或是意圖肇事的車輛。

這裡是市區的商業金融中心，熙來攘往，車水馬龍。人人都西裝革履提著公事包，儼然一副精英的樣子，所以死鬼穿著帽T和牛仔褲，牽著一條醜不拉嘰的巨型狗，再度成為注目的焦點。

「喂，死鬼，你要直接進去公司？不是都有他們的地址了，去家裡問比較好吧？」我緊張地問道，死鬼這樣牽著狗進去，一定會被轟出來。

「貿然去家裡反而會讓他們心生戒備，我想還是先從公司下手比較好。」死鬼盯著大門口的警衛說道。

「就是嘛，怎麼可以隨便進去別人家？」女鬼在一旁附和。

「妳不說話沒人當妳是啞巴！」我指著出入的員工，「問題是，他們進出都要看識別證耶，你要怎麼進去啊？」

門口的警衛會一一檢查員工的識別證才放行，還有臺機器掃描證件上的條碼。看來記者真的很討人厭，連報社都要有嚴密的保安系統，才能避免別人混進去拿槍掃射吧。

「不如去我家拿我的好了？」女鬼興奮地說。

「然後叫死鬼扮女裝進去嗎？妳白痴啊，工作這麼久不知道識別證上有照片？」

「你以為007今天來做什麼？」死鬼突然沒頭沒腦地問了一句。

我愣了一下，道：「做什麼？不是來聞聞他們身上有沒有K他命？」

死鬼輕笑了一下，俯下身解開了賤狗的鍊子，低聲說道：「007，讓這不知好歹的小鬼知道你的厲害。」

賤狗發出了一聲咆哮，如箭離弦般火速衝了出去。

我驚嘆著看著這不可思議的景象，賤狗經過之處，就如燎原之火燒過一樣，剎那間風雲變色，彷彿可以聽到驚懼的哀嚎聲，所有人都一臉驚恐自動退開，簡直比皇帝出巡還威風。

很快，賤狗的魔爪就伸向了門口的警衛。牠撲上一名身材壯碩的警衛，一下子將他撂倒在地。賤狗瘋狂地亂叫亂咬，口水還不停流出來，流得那警衛滿臉都是。

另一名警衛也衝了過去想制伏賤狗，門口呈現大開的情況，其他人也都圍了上去看熱鬧。

死鬼對著看得目瞪口呆的我道：「走吧，不用擔心007。」

……我擔心的是那名警衛！

我跟著死鬼大方從容地走進大門口，還不時回頭看看那名警衛是否還活著。

「牠自有分寸，不會真的傷人，只是作勢嚇嚇他們罷了。」

……我知道，牠真正傷過的人只有我。

女鬼看著賤狗在公司門口肆虐，目瞪口呆道：「那隻到底是啥呀？牠真的是狗嗎？」

我以過來人的身分拍拍女鬼，嘆氣道：「牠是異形，如果狗都像牠那樣的話，早就征服地球了。」

死鬼走到一旁的電梯，與一堆上班族擠了進去。我看了看這擠得像沙丁魚罐頭的電梯，吐舌道：「我才不要進去咧，這樣跟別人擠電梯很奇怪耶，可能我的手正好會穿過別人的肝臟或摸到誰的屁股，感覺噁心死了。」

死鬼看了我一下，然後無奈說著「抱歉」從電梯裡鑽了出來。「那麼就走樓梯。」

女鬼聽到，尖聲叫道：「我才不要，要爬到十二樓耶，人家平常上二樓都要搭電梯呢。」

我翻了翻白眼，粗聲說：「拜託，妳是鬼耶，一口氣爬上一〇一也不會累吧？」

女鬼跟著我們一起爬樓梯，還中氣十足一直碎碎念說走太多路小腿會浮腫之類的，而唯一有肉體累贅的死鬼則是默默地爬著樓梯。

好不容易爬上十二樓，死鬼稍喘口氣就悄悄推開安全門，左顧右盼了一下，正要拉開門進去時，我連忙扯住了他：「喂，你要小心一點，要不然被抓到了倒楣的可是我，到時候告我個罪名我就吃不完兜著走了。」

「你的前科還算少嗎？」死鬼回我，「放心，被抓到頂多轟出去罷了。」

死鬼和我走了進去，是一片空蕩蕩的走廊。走到電梯旁看了看樓層簡介，這裡的確是財經新聞部。

「你們幹嘛還要確認？人家說的不會錯啦。」女鬼不滿地嘟著嘴道。

我們躡手躡腳鑽進辦公區，只見一片凌亂，到處散落著紙張和資料夾，一副重創過後的模樣，只有小貓兩、三隻埋頭辦公。

「怎麼回事？這辦公室這麼大，每張桌子都看起來有人坐，卻都沒有人在座位上？」我疑惑問道。

「跑新聞去了吧。」死鬼毫不在乎說道。「而且現在是中午，應該也有不少人去吃飯。」

「那要怎麼找人啊？如果那些傢伙一整天都在外面跑新聞怎麼辦？還不是得要去他們家裡。」我不滿道。

女鬼踮著腳尖看了半天才說：「好像不在耶，看不清楚。」

「妳不知道錢嫂坐哪嗎？」死鬼皺眉問道。

「我們又不同部門，我怎麼知道他坐哪？」女鬼理直氣壯地說。

死鬼嘆口氣命令道：「你們先去看看辦公室裡有沒有我們要找的人，你應該知道他的長相吧？」

可惡！光會命令我做事！以前他沒有身體的時候是我做，現在他有身體也是我做。我一邊嘀咕抱怨，一邊湊近往還留在辦公室裡的人看。嗯，這不是，這也不是，這是女的，這太老了。

「沒有，不在這。」我扯開喉嚨對著死鬼大叫。

死鬼沉思了一下，看到旁邊的推車，上面堆了些信件。死鬼隨手推了過來，拿了一封信在上面寫了幾個字，然後推著車子走近一人問道：「請問這人在嗎？這裡有一封他漏掉的信。」他拿著剛剛那封信給對方看。

對方看了看信封道：「錢嫂啊，他去吃飯應該快回來了。」他抬頭看時鐘，又指了指不遠處的座位，「你直接放他座位上就好了。」

「嗯，這封好像是重要函件，要交給本人簽收，快遞在樓下等，我還有其他地方的信要送……」死鬼裝出苦惱的樣子。

「你趕時間的話就去員工餐廳找他，他都在那吃飯。」那人抬起頭說，「你是新來的吧？怎麼現在才送信？」

「我是送快遞或是特殊函件的，這幾天才開始在收發室工作。」死鬼很有禮貌地說。

「喔，辛苦你了。」那人敷衍了一下繼續工作。

死鬼推著推車若無其事地走了出來，將推車放在走廊上，回頭對我道：「走吧。」

我跟了上去，在心裡驚嘆死鬼唬爛的功力之深……

女鬼興致勃勃地自願當嚮導，領著我們下去了幾層。一打開安全門，撲面而來的是食物的香氣和嘈雜喧鬧的人群。天啊，我猜全公司的人大概都在這了，擠得水洩不通，靠牆一圈應該都是外包的廠商，每個店面前都大排長龍。

我退到門邊，避免其他人穿過我的身體。

「這樣要怎麼找啊？不如等他吃完飯回去再找他。」我說。

死鬼置若罔聞，指使我去旁邊找，三兩鬼找另一邊。沒多久，我就看到我的目標了，他坐在角落的位置，看起來簡直陰沉到不行。

「這裡！」

我拉開嗓門大吼，喊了好幾聲才讓死鬼聽到。

死鬼推開重重人牆好不容易擠到這邊來，對於那人放在椅子上占位的資料袋視若無睹，拿起來放在桌上，在那人面前坐下。女鬼也顯得相當興奮，在旁邊繞來繞去，嘗試著引起那人注意。

錢嫂抬起頭來，一臉不悅。我仔細端詳他的樣子，臉色蒼白，戴著眼鏡，長相看起來很神經質。我注意到他面前的餐盤，所有蔬菜食物都有條不紊地切成一口大小……這樣的人竟然和三兩鬼是好朋友，這世界還真是無奇不有啊。

「我可以坐這嗎？」死鬼笑嘻嘻問道。

錢嫂沒說話，端起餐盤就要走。

「等一下。」死鬼迅速制止了他，「我有事要問你，關於你之前死去的朋友。」

錢嫂愣了一下，似乎拿不定主意要留下來還是離開。他猶豫了一陣子，坐下來問道：「你是誰？」

女鬼插嘴道：「你就說是我男朋友好了。」

「哇靠！妳這是老牛吃嫩草耶！」我嫌棄地說，「我的肉體看起來比你年輕多了。」

死鬼清清喉嚨說道：「我是她弟弟。」

「靠！你在說什麼？這樣一下子就會被拆穿了！」我著急地對著死鬼大吼。

果然，錢嫂挑了挑眉說：「那時告別式我沒看到你，她的兩個弟弟我只看到一個。」

「那時我正在國外念書，沒能趕上見我姐姐最後一面。」死鬼一臉悲痛地說。

錢嫂垂下眼睛道：「請節哀順變。說起來，你跟她長得似乎有些相像。」

我聽了勃然大怒，罵道：「你這死脫窗的，我跟那三八哪裡像?!你眼鏡還是腦袋放在家裡沒帶出來喔！」

「人家才不想跟你像，笨蛋！」女鬼惡狠狠踩了我一腳。

死鬼瞪了我們一眼，繼續對錢嫂說：「很抱歉貿然打擾你，不過，這是姐姐的願望，我想幫她完成。」

「什麼願望？」錢嫂疑惑問道。

「不瞞你說，我……」死鬼看似為難的樣子，「我前幾天夢到了姐姐，她託夢給我。」

錢嫂沒說話，但看得出來他臉色的轉變，就像在看什麼未開化野人的樣子，不過這不能怪他，任何人聽到都會認為這是無稽之談。

「我知道這可能很匪夷所思，聽起來也十分荒謬，不過還是請你聽我說。」死鬼誠懇地說，「姐姐說，她到現在還沒能投胎，因為她的死因有蹊蹺。」

錢嫂的臉色變得更為死白，「怎麼回事？」他說著這話時，臉上的表情充滿不可置信和難過。

死鬼盯著他的臉，「我不清楚，今天來這就是為了查證。」

錢嫂重重吐出一口氣，一臉疲憊說道：「我不太相信你說的話，但你是她弟弟，你有權利知道真相。」

「麻煩你了。」死鬼輕點頭說道。

錢嫂按了按太陽穴說道：「事情發生前兩天，我和她以及另外兩名同事早就計畫好要去溫泉旅行。一路上還是一樣，我們四人不斷拌嘴，沒想到這會是我們最後一次出遊……」

錢嫂停頓了一下，似乎沉浸在悲傷之中。

「你要不要休息一下？晚一點再談也可以。」死鬼道。

錢嫂嘆了口氣道：「也好，我的休息時間就要結束了。等我下班後約在公司旁的咖啡館好嗎？這是我的名片。」

死鬼點點頭，接過了名片道：「沒問題，我會在那裡等的。」

看著他的背影消失在人群裡，我轉頭問死鬼道：「喂，你不怕他落跑喔？」

死鬼以幾不可聞的細微聲音說道：「我想應該不會，他說的都是真話，也沒有任何嫌疑犯該有的慌張或逃避。」

「說不定他是演戲？」

「不，以他的性格來說，是那種一切事情都要規劃得很有條理，一旦計畫生變就會變得暴躁緊張甚至歇斯底里的類型，但和他的對談中，我沒發現任何異狀。」死鬼相當有把握地說著。

「你什麼時候又變成心理專家了啊？」對於他的話，我不置可否。

突然想起聒噪的女鬼怎麼沒發表意見，我回頭只見她紅著眼眶望著錢嫂離去的背影，哽咽說道：「他好像瘦了，一定是太小氣了，連飯都不吃……」

看她這樣，我也不曉得怎麼安慰她，死鬼也只是無奈地聳聳肩。

我正想開口時，女鬼繼續說：「早知道人家就把欠錢嫂的錢還他，我每個月底發薪前都會跟他敲竹槓，一定是都被我A光了，所以他現在才省吃儉用。」

這女人……她如果是被害死的就可以多加入個金錢糾紛的考量變數了。

接下來死鬼到了影視版和藝文版，用同樣的方式問出了小喬和毛毛的下落，兩個都去採訪不會回公司。

「沒辦法，看來今天還是只能問到一個了。」我惋惜地說。

「走吧，007在樓下等呢。」死鬼走向安全門說道。

……我都忘了賤狗了。我跟上他，說道：「既然牠這麼厲害，叫牠自己回去就好了，跟牠一起走在路上真的很丟臉耶。」

死鬼冷笑了一聲：「我倒覺得你頂著之前那髮型才真是破壞市容。」

「靠！我才覺得你整天擺張大便臉活像討債的，走在路上會妨礙秩序！」我不甘示弱回擊。

「你之前……」

「我才覺得……」

我們依約到了咖啡館，幸好這間可以帶寵物，我們才能讓賤狗進去待命。

挑了個隱蔽的角落坐下，女鬼一臉欲言又止的樣子，我和死鬼也有志一同地不說話，等她開口。

「你們……要調查我的朋友，是不是代表他們有嫌疑？」女鬼低著頭小聲地問。

「只是為了求證。旅館方面不好問話，因此只能從最清楚當時狀況的人著手，當然，我也不排除他們的嫌疑。」死鬼冷淡地說。

我連忙掐了死鬼兩把，要他講話注意點，這時候哪能說得這麼白？

女鬼聽了果然垂頭喪氣地說：「他們人很好的，不可能會害我。」

不久後錢嫂便到了。他提著公事包，一臉活像是剛被轟炸過的模樣。

「不好意思，剛剛趕截稿時間，所以現在有點狼狽。」錢嫂在死鬼對面坐下，招來服務生點了杯飲料。

「很抱歉這樣在您百忙之中打擾。」

「不會……」錢嫂說到一半，瞥見賤狗時，明顯看得出來他也嚇到了。

賤狗見到錢嫂，一點反應都沒有，應該可以確定他沒染毒。據死鬼所說，只要身上留有一點相關的氣味分子，賤狗都可以察覺到。不過錢嫂一副蒼白憔悴的樣子，還真的挺像吸毒犯。

「這是我養的狗。」死鬼微笑介紹道。

「喔……還真是隻性格的狗。」錢嫂言不由衷地說。

接下來所有客套話都省了，死鬼單刀直入問起當天情形。

錢嫂緩緩說道：「我們去泡了溫泉之後，就去逛山下的溫泉街。她到了溫泉街，便開始尋找有名的店家做採訪，介紹店裡的特殊餐點或是裝潢。說到這裡，我突然想起，那天在採訪途中有發生些不愉快的事，但我想應該沒有什麼關係……」

「不管什麼樣的小事都可以說，任何事都極有可能是線索。」死鬼說道。

「我們當時在採訪途中走到比較偏遠的地方，經過一處廢棄的工業園區，周圍用鐵絲網圍起一塊相當廣大的區域，裡頭有好幾座廠房或倉庫。她吵著要進去看，雖然外頭掛著嚴禁進入的牌子，但我們還是順著她的意一起從外牆爬進去。

「進去後沒多久，我們便聞到股奇怪的臭味，一開始我們還以為是類似溫泉的硫磺味，但她聞了聞後便堅決地認為不是，而且還在裡頭東鑽西鑽想找出味道的來源。」

錢嫂皺著眉說。看來接著發生的事不太妙。

「她的動作太快，我們幾個人很快就跟丟了。找到她時正在和三個男人對峙，那幾個男人還想搶她的東西。現場一片混亂，我們也不清楚到底發生了什麼事。見我們出現，那幾個男人便逃走了。」

死鬼疑惑道：「這豈不是相當可疑？」

「她說因為目擊那幾個男人試圖入室行竊，所以那幾個人威脅她不准說出去。我們原本想報警，但她不想惹是生非，反正那幾個男人好像也只是想拿工廠裡的桶子和廢棄物換錢。」錢嫂拿起杯子啜飲咖啡，放下杯子後繼續道：「警方來的時候我們有告知這件事，後來那幾人也排除嫌移了，所以應該不是大不了的事。」

「是嗎？」死鬼若有所思道。

我瞪了女鬼一眼，罵道：「妳怎麼有屁不早放！要是錢嫂沒說我們就不知道了。」

她眨眨眼睛裝可愛道：「人家忘記了嘛，可不是故意不說的喔。」然後假裝看店內裝潢把頭撇開。

錢嫂看了看死鬼，有些為難地說：「我想你應該也知道她的真正死因。」

死鬼平靜道：「那時警察也跟我們家人說明過。」

錢嫂頷首道：「你知道就好。其實之前她也跟我們坦承過，但她信誓旦旦地說她已經戒掉了，我們當然也不會因而對她冷眼相待。只是沒想到，她說的不完全是實話。

「那時警方化驗的結果，證實她的確有施打，雖然量不多……然而她最後還是嘗到苦頭了。」

聽了錢嫂說的話，我更確信三兩鬼是自作自受。

不過聽到現在，總覺得疑點重重，和她起爭執的幾個男人到底是什麼角色？昨天在蟲哥那邊只看到部分調查資料，我並未看到那三個男人的口供部分，但總覺得警方可能有所遺漏。

死鬼應該也有跟我一樣的猜疑，不過他沒說出來，只是看了我一眼然後道：「我聽旅館人員說，前一天你們曾發生爭執，吵得不可開交，我想知道是為什麼？」

錢嫂的臉變得更蒼白了，他一臉尷尬、支吾其詞道：「他們的服務人員水準真差，連客人的隱私都說……那是很沒營養的爭執，晚上我們四個人一起在我房間吃飯，而那兩個女人的衛生習慣很不好，所以……」

女鬼嘻嘻竊笑道：「才不是這樣咧，是因為我和毛毛偷拍了錢嫂睡覺的裸照想勒索他，他面子掛不住才跟我們吵的……」

接下來沒有什麼實質進度，都是些女鬼多麼神經大條或是多顧人怨的事蹟，她在一旁聽得大呼小叫。

「很謝謝你的協助。」死鬼說著並站起身來，「感謝你願意相信我，我只是想知道真相。」

錢嫂點了點頭。接著不顧死鬼的阻止將帳結了，道別後提起公事包便走出咖啡館。

「你別聽錢嫂亂說！」女鬼忙著澄清，「人家才不是他講的那樣呢，一定是我之前弄壞了他的電腦，他還懷恨在心，錢嫂本來就很小心眼了……」

「我倒覺得錢嫂沒說謊，妳這傢伙本來就花痴又白目。」我不客氣地指著她道，「快說，妳到底知道什麼還沒說？說不定就是妳無意間得知的消息惹來殺身之禍。」

「我不記得啦！」女鬼嘟著嘴道。「人家死掉之後好多事都忘記了，我不管去哪裡都會拿著相機到處拍，看能不能有大發現讓我拿個普立茲獎之類的……」

我譏嘲道：「笨蛋，那都是在戰地出生入死的記者才拿得到的，妳頂多算狗仔隊，拿得到才有鬼啦。」

死鬼瞄了一下左右，輕聲道：「我想她說的應是真的，如果她真挖到什麼內幕，警方一定會從這方面著手調查。但這案子已經結案，就代表警方那邊也沒有斬獲。總而言之，還有兩個人，先問完了再說。」

「切！」我不爽地看了一臉得意的女鬼，「幹嘛要這樣為她奔波勞碌？又沒有好處。」

死鬼俯下身要叫賤狗，我們才發現牠竟然已經呼呼大睡了，一邊發出刺耳的打鼾聲，嘴裡呼哧呼哧的，大概又在做夢了。

我得意地看著死鬼，道：「你看，大費周章帶牠出來只是自找麻煩嘛，根本沒派上用場。」

死鬼瞄了我一眼，無情地道：「和你相比，我寧願帶著007。」

「呵呵……」

「妳笑屁啊！」

Chapter 6

切不開的聯繫

隔天。

我懶散地躺在床上，瞧著死鬼翻筆記本想找電話。

「真麻煩，不用找了啦。那查某時間到了就會有人來接她的，你再問也問不出什麼來。」我撐著頭看著無聊的綜藝節目，「況且再查下去，我看有危險的會是我們。」

女鬼在一旁對我做鬼臉，「那你不要去啊，人家跟他一起去就行了。」

「那太好了。」我意興闌珊地說，「就讓你們小倆口慢慢培養感情好了，我在家裡等你們的好消息。」

死鬼像怨婦般瞪了我一眼，大概是在怪我把爛攤子丟到他頭上。我用口形對他說：這是你自找的。

「這也沒辦法了，那我就自己去，你一個人在這小心，不要到處鬼混，知道嗎？」死鬼諄諄囑咐著我。

「別像老媽子一樣！我沒身體能做啥鳥事啊？」

死鬼，以及互相瞪視的賤狗和女鬼，便和樂地一起出門去了。

去跟他們瞎攪和簡直是浪費時間，我百無聊賴地躺著。

赫然間，猝不及防的一股力道將我拉扯到床下。我愣了一下，還弄不清楚是怎麼回事，怎麼會突然摔下床？

還在思考時，那股不知名的力量又將我向外拖，我一時沒辦法反應，被拖向門口。我奮力往反方向掙扎，那力量依然牽著我的身體在地上滾了兩圈。

忽然，那股力量又瞬間消失，我驚慌失措地從地上爬起來，恐懼地環視了屋子一圈，什麼都沒有。

「喂，三八，是不是妳？妳現在出來我就考慮不扁妳！」我心驚膽跳地說著，回應的只有冰箱馬達的運轉聲。

我第一個想法就是那三八要整我，但她才剛跟死鬼出門，死鬼不可能放任她這樣做。

冰冷的戰慄竄上了背脊，該不會是其他好兄弟吧？竟然在這種時候讓我碰上這種事，雖然我是靈魂體，但我還是會怕阿飄啊！我開始後悔剛剛沒跟死鬼一起去了。

緊接著，我就想起了這幾天青道幫對我們的襲擊警告，而這時候死鬼不在，所以……他們的目標是我?!

這就表示，他們看得到我，可能還用了什麼神奇的力量要對付我。我想起像琛哥那樣的人應該有辦法操縱鬼魂，說不定是他派了惡鬼要宰了我。

我背靠在牆壁上，這樣比較能讓人感覺心安。不過現在的問題是，照理說我變成了靈魂體應該也看得到鬼魂了，所以我才能看到那個三兩鬼，除非她附身在其他東西裡。同理可證，應該所有的鬼魂我都看得到……

咦？所有的鬼？

我仔細回想，我變成靈魂體以來所看得到的鬼，只有那時在公園裡想侵占我身體的傢伙，還有那個三八，其他的鬼我根本看不到啊！

所以說，我看不見在屋子裡的這傢伙也是很平常的嘛。哈哈，那我安心了……安心個頭啦！我看不到他，但他卻能攻擊我，怎麼想吃虧的都是我啊！

我聚精會神——不，不如說我已經害怕得腦袋裡一片空白了——環顧著四周，深怕那鬼突然攻擊我，雖然我知道他要採取攻擊，我絕對是防不勝防，但總不能坐以待斃。

我雖看不到他，但他能碰觸我就代表我也能做出有效反擊，在他攻擊我的瞬間，我就可以知道他的位置。不管如何，先暴打一頓再說！

這時，我聽到輕微的聲響，是從門口傳來的。我慢慢移動到門口，發現門鎖不停顫動，似乎有人在門外想打開門。

這傢伙……我咬牙切齒地想，到現在還想裝神弄鬼，老子一定要給他好看！

喀嚓一聲，門鎖打開了。

就是現在！

我不分青紅皂白對著站在門口的人揮拳揍去，手卻被一把抓住。我迅速抬起腿踢過去，踢到那傢伙腿上。

那人悶哼一聲，用力扯過我喝道：「你看清楚，是我！」

聽到這最近才熟悉的聲音，我微微抬眼，那個人是我……不，應該說是死鬼，他正一臉疑惑地瞅著我。

看到他簡直就像看到救星一樣，我連忙扯住他的衣服，慌張道：「有鬼！」

「呀，好恐怖！」女鬼站在他身後，聞言尖聲叫道。

死鬼蹙起眉頭，低聲道：「不要說話。」然後將我拉到出去，自己一個走進房裡。

我不敢進去，跟女鬼和賤狗一起待在外面。女鬼縮在旁邊拉著我的手，而死狗大概是因為我剛剛攻擊了牠最敬愛的主人，現正目露凶光，對著我發出「吼嚕嚕」的低吼聲。我要是有實體，牠一定會毫不猶豫地撲上來將我撕成碎片。

賤狗那麼小心眼，以後一定會伺機報復，我趕緊澄清道：「賤狗，我可不是故意的喔，死鬼都不在意了，你也應該把這件是當成像放屁一樣，噗一聲隨風而去。」不過我費盡唇舌，賤狗依然凶惡地盯著我。

突然眼角餘光瞄到一個影子閃過，我嚇得跳了起來，才看清楚是死鬼從門口探出來，像看著白痴似地對我說道：「你房間什麼都沒有。」

「一定是跑掉了啦！那鬼我看不到，但他剛剛想攻擊我耶。他把我拖到地上，還想把我繼續往外拖。我在電視上看過，一定是要來抓交替的……不！一定是琛哥派來的，他想殺我滅口，把我丟到樓下搞得像自殺一樣……」我大吼大叫邊跳腳。

「冷靜點。」死鬼抓住我的手說道，「先進去再說。」

我心驚膽跳地跟在死鬼旁邊，進去房間裡看果然是空蕩蕩的一片，不過我本來就看不到鬼啊。

「如果有鬼你應該看得到才是。」死鬼道。

「才怪，我變成這樣以來也沒看到多少鬼啊！到底是怎麼回事？照理說鬼魂是我的同類，我應該看得到啊。」

死鬼露出「你實在無可救藥」的眼神：「你說的沒錯，你的確是能看到鬼。你還記得你昨天回來時抱怨說，為什麼這麼晚了捷運上還這麼多人嗎？」

「記得啊，這又有什麼關係？」我納悶道。

「你也還記得你昨天盯著一個穿著短裙的女人，看到兩眼發直、口水流滿地嗎？」

「記得你個頭啦！我只說了一句她很辣而已。」我不滿地反駁。

「這就是了。」死鬼面色凝重說道。

「就是啥啊？」看死鬼一臉凝重，我不禁也正襟危坐。

「這就證明你實在遲鈍得可以，連看到鬼也不知道。」死鬼冷笑道。

「你、你說什麼？你是說那個正妹是鬼?!」我不可置信叫道，「怎麼可能?!她好好地在那裡走路，又不是用飄的，而且她也有腳啊！」

「我也有腳，也是靠兩條腿走，而且她也和我一樣沒有影子，你昨天晚上看到的人都沒有。」

「放放放你的屁！逆咬說我昨晚見到的人都是阿飄？」我已經驚慌失措到口齒不清了。

「這樣說來，人家昨天看到的那個擁有吸血鬼般憂鬱高雅氣質的男人，該不會也是鬼吧？」女鬼哀嘆著。

「差不多吧。」

我連忙想著理由欺騙自己：「有、有可能是因為景氣不好，大家怕被裁員所以都加班到半夜才下班。昨天我看到的那些上班族每一個都一副加班了一整天、要死不活的樣子，簡直跟鬼沒什麼兩樣……」

「我原本以為你是習慣看到鬼了，結果你竟是到現在還渾然不知。不如我們今天晚上出去證實？」死鬼一臉等著看好戲的樣子。

「鬼才要去啦！我跟你說，以後天黑之後我絕不出門！」媽啊，我每天和一堆好兄弟擦身而過竟然都沒發現，現在想想，那些鬼魂看起來實在和活人不太一樣。

「遊魂多半不曉得自己已死，所以才日復一日做著死前做的事直到鬼差引導他們到陰間。你是靈魂體，基本上也算是同類，他們應該不會對你怎樣……或許。」死鬼也不甚確定地說，「不用擔心，你至少可以確定白天看到的不是鬼，而晚上的可能要看影子才能確定。」

「早知道滿街都是鬼，人家就不來了，不過在山上別說鬼了，連人也沒有。」女鬼渾身哆嗦著說道。

「拜託，妳是鬼耶，還怕鬼幹嘛？」我不屈不撓說道：「那剛剛那個攻擊我的，我為什麼看不到?!」

「這就是我回來的原因。」

對喔，我這時才想起死鬼怎麼會出門沒幾分鐘就跑回來……「你幹嘛？趕著撇大條？」

死鬼冷淡地瞥了我一眼，說道：「我剛走到半路便發現了個問題。你的靈魂和身體之間彷彿有著看不到的聯繫。」

「這不是早就知道了，身體的感受如果夠強烈，也能讓靈魂體的我感覺到啊。」對於死鬼的話我實在摸不著頭緒，不過我曉得他既然會提出就一定有什麼問題。

「我指的是更強烈的。你不是說有人拖著你？我想就是你的身體。我也感覺到一股強大的力量阻止我繼續走，應該是你和身體之間還有著引力，所以你沒辦法離開身體太遠。」死鬼思索道，但他的語氣聽起來相當肯定。

「所以說，我會那樣就是……」我思考著，問道：「你剛走了多遠？」

「樓下，還沒出大門。」

「啥？」我大叫，掐指算了算。「那連三十公尺都不到吧！」

死鬼一臉不容拒絕的氣勢說道：「看來，我們還是要一起行動了。」

「我不要！」

「人家也不要啦！好不容易有獨處的機會，這個大電燈泡跟來幹嘛！」女鬼哀號著，突然又雙眼發光對死鬼道：「乾脆你從他身體裡出來好了，沒有這個累贅要方便多了。」

「沒身體無法辦事，而且他現在八成還不能回自己身體裡，我出去後這具身體等於是個空殼。」

「隨便嘛，放冰箱不就行了……」女鬼碎碎念。

「白痴，又不是屍體！」我對死鬼道：「老子就不去，你想辦法說服我吧。」

「唉。」死鬼故作姿態地嘆了口氣，一聽就知道他故意要吊我。「其實不查也可以，只是我的直覺告訴我這件事沒那麼簡單。但既然你不希望繼續查下去，我必須尊重你，畢竟身體是你的，要是捲入什麼危險我也難辭其咎。」

「然後呢？我知道你一定還有話說，看你那奸詐的臉就知道！」我不爽說著。

「你的出席時數不夠你還記得吧？我也不想讓你退學，所以在你回到身體前，我會好好負起責任，每天去上課。」死鬼一臉狡詐地說。

「靠！再讓你上下去我的形象都被你毀光了，說不定還會跟我的兄弟們鬧到鬩牆，胖子一看到我就一副眼睛噴火的樣子。」

「這叫不破不立，你過去的形象也沒有什麼好值得讚賞的，趁這機會，我來幫你改變，你是該好好確立目標了。」

「神經病，你是輔導老師喔，說那什麼屁……老子才不吃這一套。」

「明天是上英文、物理和數學吧？我先預習一下接下來的課程好了。」

「……哼，快預習，課堂上老師問問題，你還可以跟小學生一樣舉手搶答咧。」

「這倒也不錯，一定可以讓所有人對你刮目相看。」死鬼慢吞吞地打開電腦上網瀏覽課程，因為我的書從來不帶回家。

「喂，你不會真想這樣做吧？」我遲疑地問。

「等明天你就知道了。」死鬼目不轉睛地盯著螢幕看。

「……」

「……」

「好啦！我知道了！不過我要跟你約法三章！」我決定屈服，總比死鬼繼續去學校敗壞我的名聲好。

「你說出來聽聽。」

「說是三章，不過只有一個條件，就是天黑前要回來。」

死鬼嗤笑了一下道：「你怕鬼？你這些天來都不知道看過多少了還會怕嗎？」

「那是因為我不知道！現在知道了當然會怕啊，要是你某一天突然得知住在隔壁人很好的老太太，其實是個殺人如麻、窮凶極惡的通緝犯，你一定也會嚇死吧！」

「這可不一樣，鄰居老太太可能會殺人滅口，但那些鬼魂不會。」

「隨你大小便啦！反正會怕就是會怕，沒什麼好可恥的！」

「強詞奪理。明明就是害怕還講得如此理直氣壯……關於這點我會盡量達成，但若有不可抗力我也沒辦法。」

「煩死了，為什麼我不能在家裡好好享受悠閒的時光啊?!非得跟你這樣跑……不過，現在情況不同了。」我好笑說，「身體的主導權有一半在我手上，我要是硬撐著不走你也沒辦法動吧？你叫我一聲『大爺』我就考慮跟你一起去。」

「我不用這樣做也有辦法讓你去。」死鬼冷冷道，「你膽子挺大，竟敢威脅我……」

死鬼說著便一臉陰沉靠近我，我嚇得直後退大叫：「喂，你這臉還真是夠凶惡的！別以為這樣就可以嚇到我。」

我邊叫囂邊往後退，砰一下靠到牆壁上才發覺我已經無路可退了。

死鬼走到我面前，一手朝我面前伸來。我看見他的手指屈起，大拇指和中指圍成個環狀，然後……

一聲清脆的聲音響起，我捂著額頭痛叫：「我操你媽的王八蛋！痛死了！我和你勢不兩立！」

死鬼狠狠給了我個栗暴，面無表情地伸出兩根指頭說：「對付你只要這樣就夠了。」

我暴跳如雷，挽起袖子就想扁他，無奈賤狗擋在中間，不讓我越雷池一步。

「喂，賤狗，這是我們的私人恩怨，你別插手。」我警告牠。

不過牠把我的話當成了耳邊風，依然固守崗位。

我怨毒地看著死鬼，這大概是我僅存的武器了，如果目光可以殺人……

由於昨天錢嫂已經通知過小喬了，因此小喬非常爽快地答應見面，和死鬼約在員工餐廳裡。

我們牽著賤狗到了大樓前，死鬼用了昨天那一招，放開賤狗去吸引警衛的注意力。

雖然警衛老早就注意到賤狗靠近，連警棍和電擊棒都拿出來了，只是單憑這樣是沒辦法對付賤狗的。

我快速地跟著死鬼暢行無阻地進了旋轉門，根本不敢看另一邊的慘況。而警衛們的慘叫聲更是堪稱繞梁三日、不絕於耳……

現在不是用餐時間，員工餐廳裡沒什麼人，我們很輕易地就找到小喬……不，應該是說他找到我們。小喬翹著二郎腿，大剌剌地坐在餐廳裡抽煙，一看到死鬼便扯開他的大嗓門吼叫。

小喬身材頗高大，全身瘦骨嶙峋，掛著破爛的T恤和洗得發白的牛仔褲，衣服上還寫著斗大的「我為人人，人人為我」，我想那應該沒有實質意義。

「這傢伙看起來有夠詭異的耶，像是會窩在家裡工作的工程師。」我對女鬼說。

「小喬很正常好不好？只是比較邋遢一點，整理乾淨還是很帥的。」女鬼口沫橫飛地為小喬的外表辯駁。

「不好意思在上班時間約你出來。」死鬼在小喬對面的椅子坐下來禮貌地說。

「無所謂啦，反正我沒在做什麼，今天也不用跑新聞，我悶得發慌。」小喬爽朗地說，完全看不出來他有任何蹺班的愧疚。

死鬼向小喬問了那幾天的行程，基本上和錢嫂說的沒太大出入。

「這女人……連死後都搞不清楚自己是怎麼死的，還真像她的作風。」小喬彈彈菸灰，臉色黯淡下來，菸頭的微弱火光在昏暗的空間裡顯得特別刺眼。

「請節哀。」

「呵，這話由你這喪家來說好像還挺奇怪的。」小喬艱澀地笑了一下。

「謝謝你的協助，若是有什麼進展我會再通知你。」死鬼看看情況也知道到了該離開的時候了。「那麼，你們另一位同事……我方便去拜訪她嗎？」

「沒問題，昨天錢嫂已經和毛毛說過了，不過她今天沒來上班，八成是醉死了，這女人是個十足大酒鬼。我載你去找她好了。」小喬說著就要起身。

死鬼連忙道：「不用麻煩了，我知道她住哪，我就不耽誤你的時間了。」

我趕緊跟死鬼說：「讓他送！賤狗在樓下呢。」

死鬼這才想起賤狗，微微點了點頭。

小喬拍拍死鬼的背說：「沒關係，我就說去取材就好了。」

……又不是富奸！

我們到了樓下，見到賤狗囂張地坐在大門口，警衛站在兩旁就像左右護法一樣，無視賤狗的存在，也不趕牠了。賤狗一看到死鬼，就興奮地直搖尾巴。在警衛目瞪口呆下，死鬼從容不迫地將收到口袋裡的狗繩重新綁回賤狗項圈上。

小喬看到賤狗也嚇了一大跳，說道：「這是你的狗？還真是威風。牠應該就是昨天引起話題的狗吧？今天的我們報紙地方生活版有牠的報導呢，標題是『凶惡巨犬，市區現身』，原來你是牠的主人。」

真……真是丟臉！不過幸好這樣聽來，應該不知道誰是牠主人，要是被拍到我牽著這條噁心狗，我真的就無顏活在這世界上了。

「這麼醜的狗都可以被刊出來！」女鬼哀嚎，「人家也想上報啦，早知道以前去採訪時就多放些我和美食的合照。」

「妳放心，妳翹辮子的事大概也可以占個地方新聞版面。」我安慰她道。

死鬼向賤狗點點頭示意，賤狗就走到小喬旁邊開始打轉嗅聞，聞了半天之後才離開，吭都沒吭一聲。

小喬驚訝問道：「怎麼了？我身上有什麼味道嗎？」

「不是。」死鬼微笑道，「這是牠的習慣，見到陌生人一定會去聞一聞，可能是靠氣味在分辨吧。」

小喬鬆了一口氣：「還好，我還以為我穿了一個禮拜沒洗的內褲被發現了……開玩笑啦，你等一下，我去開車。」

小喬離開之後，女鬼便盛氣凌人地說：「你看吧，他們人都是很nice的，會把他們當嫌疑犯，代表這其中一定有什麼誤會。」

死鬼蹲下身撫著賤狗的頭說：「的確，目前這兩個人都不像在說謊，但很難確定他們是否有所牽連。」

不久後，一輛破爛的老爺車緩緩駛過來，一邊發出彷彿像是痛苦咳嗽的聲音，一邊冒濃濃的黑煙。那輛車停在我們面前，然後小喬搖下車窗招呼死鬼上車。「不好意思，副駕駛座塞滿了，要請你坐後座。」

「麻煩你了。」死鬼點點頭打開後座車門，讓賤狗先上去，女鬼也從善如流往副駕駛座擠。

「喂，妳來坐前座啦，四個人塞在後面妳不嫌擠啊？」我抱怨道。

「可是人家想跟帥哥一起坐嘛，你去坐前面啦。」女鬼伸手推我。

「他沒辦法自己坐，我必須拉著他。」死鬼低聲向女鬼解釋，所以她只好心不甘情不願邊嘟囔邊往前面移動。

死鬼示意我上車，我猛搖頭道：「靠，你要我跟賤狗坐不是羊入虎口嘛?!我絕對不靠近牠！」

死鬼無奈先上了車，我緊貼著他跟上去，上車之後我就緊張地抓住他的手臂。

死鬼瞄了瞄我，意思是：你也太誇張了吧？

「少廢話！」我嘴硬回道，手上的力道絲毫沒有減弱。

賤狗在一旁對我發出吼嚕嚕的叫聲，幸好我有先見之明坐到另外一邊。

死鬼低聲說道：「其實你就算掉出去也無所謂，因為你和身體還有聯繫，還是可以跟在車子後面的。」

「我操！」我大罵，「你有沒有良心啊?!你想看我像金魚大便一樣拖在車後面嗎？虧我之前有身體時一直幫你，下次要坐車你就自己看著辦吧！」

死鬼輕笑道：「開玩笑罷了。你別忘了，我也得扶著你才行。」

「切！」

車子緩緩開動了，我回頭看看濃重的黑煙，開始後悔為什麼要上這輛車，看起來簡直就要爆炸了。我就這樣一路緊緊抓著死鬼，完全不敢鬆懈。

老爺車停了下來，發出「咚鏘匡啷」的解體聲。

「那麼我就送你們到這裡，你就跟毛毛談一談吧。我在場也不太好，嫌犯不是都要分開偵訊以免串供嗎，哈哈。」小喬說著自以為很好笑的話，一邊開著那輛可憐的車消失在我們的視線中。

我跟死鬼走進一棟公寓，來到一戶門前。死鬼按了半天的門鈴都沒動靜。

「會不會是出門了？」我道。

死鬼掏出手機撥了毛毛的電話，不久，便聽到門內傳來手機鈴聲。看來她應該是在家。

「搞什麼啊，這門鈴這麼大聲，大概整棟樓都聽得見了，她竟然一點反應沒有。」我抱怨道。

「毛毛八成在睡覺，她睡著後就很難叫醒。」女鬼下了判斷。

死鬼沉吟下，對著我說：「你們進去看看。還有，如果她在洗澡還是沒穿衣服請不要占別人便宜。總而言之，確認她在不在就馬上出來。」

我穿過門，回頭不爽道：「你當我這麼豬哥喔，她要是沒穿衣服，我馬上閉著眼睛退出來。」

「你放心啦，人家會及時遮住小色狼的眼睛的。」女鬼掩嘴笑著。

「妳才是女色狼咧！」

我走進門，撲鼻而來的是沖天酒氣，這女人大白天就喝酒喝成這樣，真是亂七八糟。

室內一片昏暗，明明大白天的，居然把窗簾都拉上，我花了段時間才漸漸適應黑暗。

這是外面一般出租給單身貴族的小套房，藉由微弱的光，我可以看到這房間內凌亂不堪，東西堆得滿地都是，連地板都快看不到了，一旁還有塑膠袋包起來的便當盒，我實在不敢想那放了多久。

「好久沒來了，好懷念喔……」女鬼左顧右盼，「哇，這是我上次來時喝的瓶子，毛毛竟然還沒清。」

女鬼自顧自地懷舊，在垃圾堆裡鑽來鑽去。我只好一個人穿過層層雜物，很快就看到房間的主人躺在同樣堆滿衣服的床上呼呼大睡，令人慶幸的是，她穿著衣服。

這女人還真睡死了，動也不動。我靠近了一點，猛然看到她的臉，是要說睡覺也太奇怪了，哪有人上半身掉在床外睡覺啊！

我再仔細一瞧，心中暗道不妙。她臉色慘白，眼睛半睜著，看得到布滿血絲的眼白，而嘴巴也半張著，簡直就像……

我不由得倒退了幾步，噁心感湧了上來。我慌忙轉身就跑，邊跑邊大叫：「三八，這女人不對勁，好像是死了！」

「呀啊啊啊啊！」女鬼愣了一下後開始尖叫，跟著我一起跑。

我們爭先恐後衝出門外，我拽著死鬼的衣服大吼：「她她她她死了！她死了！」

死鬼神色一凜，厲聲說：「冷靜一點，我先看看。」他說完便後退一步，舉起腳就開始踹門。

「怎麼會?!毛毛也遭到毒手了嗎？」女鬼抽抽噎噎地哭著。

門被踢得震天價響，門鎖開始鬆脫。我在一旁腦子裡絞成一團，女鬼的朋友也死了，難道真的有什麼隱情嗎？說不定是看到了什麼所以要殺人滅口？

「磅」一聲，門猛然開了，狠狠地撞在牆壁上又彈回來。

我和女鬼輕手輕腳地跟在死鬼旁邊，他一進門看了一下，毫不猶豫地直往屍體方向走。我在他身後看著他的背，不敢東張西望，實在不想再看到那女人的淒慘死狀。女鬼躲在我背後，連頭也不敢探出來。

死鬼端詳了屍體片刻，伸手摸了摸她的脖子，回頭看了我一眼。

我趕緊問道：「她死了嗎？還有救嗎？」

死鬼沒回答我，逕自站起身來，走到窗戶旁用力拉開窗簾。他走回床邊屍體旁，然後抓著她的肩膀開始劇烈搖晃！還邊大聲說：「起床了！」

死鬼這突如其來的動作著實讓我非常震驚，只見他用力地搖晃著那女人，那女人的身體像爛泥似的被晃得東倒西歪。

突然，她喉間發出了咕噥聲，眼皮微微顫動。「別……別搖了，我要吐了……」

我不可置信看著她，難道死鬼晃一晃讓她復活了嗎？這是最新的ＣＰＲ嗎？

「嗚！」那女人突然伸手捂住嘴巴，從床上跳了起來就直衝浴室。她「磅噹」重重關上門，然後就傳來了「嘔——」的噁心聲音。

「你的觀察力真是讓人不敢恭維。」死鬼的聲音從我背後傳來，「她哪裡像死了？」

「你是說……她沒死？不是你救活她？」

「她一直活得好好的，我不曉得你怎麼會認為她死了。」

「可、可是……」我結結巴巴地說，「她剛剛明明翻白眼還張著嘴，一副就是死掉的模樣啊！《名偵探摳南》裡面的死人都是這樣的！」

「你沒確認她的呼吸或脈搏嗎？」

「誰會做啦！看到死人害我嚇得都差點漏尿了，哪還有閒情逸致去仔細看啊！」我惱羞成怒大吼。

「原來毛毛沒死。你這笨蛋，害人家剛剛差點嚇死了。」女鬼指責我道。「毛毛睡覺本來就是那個樣子啊，大驚小怪！」

「妳也不會再死一次了啦！妳自己也沒搞清楚啊，誰叫妳一進來就忙著翻垃圾？」

這時，那女人從廁所出來了，還一副走不穩的樣子。她穿著短袖T恤和短褲，臉上脂粉未施，看得出來皮膚很光滑細緻，頭髮削成俐落的髮型，倒是一個挺漂亮的大姐，看上去就是精明幹練的樣子。

「抱歉，我昨天喝多了，還麻煩你叫我起來。你等一下，我去拿錢。」

死鬼疑惑道：「什麼錢？」

「有線電視費用啊……咦？你不是來收錢的嗎？」

「不是。我想昨天妳同事應該說過了，我是來釐清家姐的死因。」

「喔。」毛毛開冰箱拿了瓶礦泉水，「你是弟弟啊，抱歉，我喝到忘了。」

「不會，貿然打擾請見諒。因為我按鈴沒回應，電話也沒接，我擔心會發生意外，所以只好破門而入。」

「沒關係啦，這不是第一次了，之前房東也是按了兩天門鈴沒回應，還以為我死在房間裡。我一睡就叫不醒。」毛毛拿了瓶罐裝茶遞給死鬼。

「請問妳現在方便談話嗎？還是我們另外再約時間？」

「你想問什麼就問吧，趁我今天放假……哇！那是什麼?!」毛毛講到一半突然大叫。

我們順著她指的方向看過去，正是那隻嚇死人不償命的賤狗。

賤狗走近毛毛旁邊開始聞，不過也沒什麼反應。

「那是我的狗，很抱歉嚇到妳了，我叫牠出去，剛剛一時沒注意讓牠溜了進來。」

死鬼等賤狗聞了半天之後，才慢吞吞地作勢要趕牠。

「原來那是狗，我還以為我已經醉到出現幻覺了……沒關係，只要牠沒跳蚤就可以待在房裡。」毛毛驚魂未定地說。

……我才怕妳房間裡有什麼髒東西咧！怪不得錢嫂會受不了這兩個女人，我懷疑她們倆是「臭味」相投才變成好朋友的。

接下來，死鬼仔細地問了他們那幾天的行程，毛毛說的和另外兩人差不多，同樣的話聽了三次還真是枯燥乏味。

「唉。」我不禁抱怨道：「根本一點進展都沒有嘛！電視上的偵探每次去問話就一定會問到很多線索，死者跟誰結怨還是欠誰錢之類的，或是有人覬覦他的財產……根本都是唬爛的嘛，要是這麼容易問到，我也可以當偵探了啦！」

死鬼假裝沒聽到，對毛毛說：「請問，妳能想起任何不尋常的細節嗎？對於她的死因，妳知道嗎？」

「這我們三人都知道，反正戒了就算了。誰知道……對了！」毛毛想起什麼似的提高了聲音，「有一件事我不曉得有沒有關係，在遺物之中我沒看見她的相機。」

「相機？」死鬼饒富興味地挑起眉毛，「是工作用的相機嗎？」

「對，當時鑑識小組在蒐證打包她的東西時，我就發現她從不離身的照相機不見了，那時也有向警方提出，但我不曉得結果如何。」

死鬼沉吟道：「妳知道她拍了些什麼嗎？」

「就是旅館和溫泉街一些店家的介紹照片，還有我們幾個的遊玩照片。」毛毛思索道，「對了，在工業園區遇到的那些混混，她應該也有拍到。不過我想應該沒什麼大礙吧？至於其他的我就不知道了。」

「其他？你們分開行動？」

「第二天她的採訪重點是自然景觀，錢嫂和小喬去了山下的漆彈射擊場玩，我和她去溫泉街補拍照片，後來因為我腳跟磨破了，她便說接下來的她自己拍就行。不過她回來後沒有任何異狀，還說山上風景多美之類的，而錢嫂和小喬直到傍晚才回旅館。」

「她回來時是帶著相機的嗎？」

「我沒注意到，但我想她不可能忘記相機，那是她吃飯的傢伙。」

「是嗎……」死鬼沉思了會兒，「除此之外呢？再瑣碎也沒關係。」

「很抱歉，因為也過了一段時間了，我能記起的東西有限。」毛毛遺憾說道。

接下來，他們客套了一番之後，這次的搜查迅速了結。

在關上門的剎那，死鬼問女鬼道：「剛剛說的相機是怎麼回事？妳拍到了什麼？」

女鬼一臉無辜道：「就我印象應該沒有啊，就只是溫泉街店家介紹和風景嘛。還有第二天去山上拍的風景啊，旅館老闆娘還誇讚人家拍得很美，到時候還可以出風景月曆當名產呢。」

我打了個響指：「可是相機在妳死後也不翼而飛了，這樣說起來，是不是旅館人員自肥A走了啊？妳那應該是專業相機，很貴的吧？」

「看來有必要去找回那臺相機了，說不定……」

我打斷死鬼，迫不及待地跟他說：「你不必猜她拍到什麼殺人現場，我已經知道是誰了！從剛剛毛毛的話發現的。」

死鬼唇角勾起，說：「喔？你說說看。」

「關鍵當然就是失蹤的照相機。剛剛毛毛的供詞當中，出現了很大的漏洞，當然，這是她自己也不知道的漏洞，這就是決定性的證詞了。那臺照相機，拍的不只是她說的那些東西，三兩鬼是拍到不該拍的東西而被殺人滅口的。你知道是什麼嗎？」

不等死鬼說話，我繼續推理，「那就是昨天她自己說的，小喬也有提到，但錢嫂和毛毛沒說。毛毛是因為忘記了，或是覺得這件事無關痛癢，而錢嫂是刻意隱瞞，因為這就是他的殺人動機。」

「然後呢？」

「那遺漏的環節就是……錢嫂的裸照！她不是說了他們要以此威脅錢嫂嗎？錢嫂因此心有不甘想搶回相機，但這查某一定不肯，還趁機敲竹槓，所以錢嫂便設計了讓大家以為她是吸毒溺死的，其實，真正的凶手就是錢嫂！」

一陣虛弱的掌聲響起，死鬼拍著手面無表情道：「了不起，你這番推理真是一針見血，驚天地、泣鬼神，我簡直佩服得五體投地，連福爾摩斯和金田一耕助都說不出這般精闢見解。」

「這沒有什麼啦！」我撥了撥頭髮，「只是靠我敏銳的觀察力和精準的分析就能得出這樣的結果了。你會不會覺得我剛剛很有偵探的架勢？」

「當然。」死鬼轉頭牽起賤狗的繩子道：「走吧，放他自生自滅就行了。」

女鬼也一臉鄙夷地跟在死鬼屁股後離開了。

「喂！」我連忙追上去，「你不覺得我說的很有道理嗎?!」

「……」

「噢嗚！」

「干你屁事啊！死狗！」

我和死鬼決定這個週末要再度啟程，雖然是去同樣的溫泉旅館，但這次是「祕密」探訪，連店家都不知道。

死鬼認為，應該是女鬼拍到了什麼不可告人的照片而被殺人滅口。旅店的監視器沒拍到任何外人進出，所以旅館的工作人員內神通外鬼的嫌疑很大。況且女鬼又一問三不知，堅持自己沒拍到犯罪或是偷情現場，因此我們只能從她生前去過的地方一一探訪。

不過有一點讓我很不滿。

「為什麼又要帶賤狗去？我們這次可不是去玩的，是有要事在身耶。」我嘟嚷道。

「就因為是正事才更要帶 007，至少牠比你有用。何況這次也需要 007 的專長，難不成你能聞得出來毒品的味道？」死鬼嘲諷道。

「如果是強力膠我也聞得出來。」我非常有自信地說。

「唉——」女鬼在一旁唉聲嘆氣，「本來以為可以跟帥哥好好相處，卻多了兩個大電燈泡。」

「妳不要太得寸進尺喔！以為老子我想去啊！」

「嗅嗚！」賤狗這時發出了不堪入耳的聲音。

憑牠的語氣和聲調，以及我對牠的了解，牠的意思是「你們兩個才是電燈泡咧」。

「你說什麼！笨狗！」女鬼氣呼呼地說，「你長這麼醜還敢說話！」

我瞪大眼睛看著女鬼問道：「妳聽得懂賤狗的話？我還以為只有我看得出牠狗眼看人低的欠揍樣子。」

女鬼頓時雙眼發光，這時我知道，我終於找到和我同一陣線、可以對付賤狗的人了，雖然女鬼看起來沒什麼戰力。

她打量著我，「雖然你也是電燈泡，不過比那隻醜狗要好一點，我們聯手吧，發誓要打倒醜陋的生物！」

我權衡了一下，和女鬼握手正式結盟。

賤狗在一旁發出不屑的聲音，故意忽視我們的怨恨目光。而死鬼在一旁雙手交叉在胸前，臉上掛著和賤狗如出一轍的輕蔑冷笑。

當晚我好夢正酣時，忽然一陣力道粗魯地將我搖醒。睜眼就看到那三八鬼鬼祟祟地搖晃我，還不斷回頭似乎在確認些什麼。

「幹嘛……」

女鬼一下子捂住我的嘴巴，臉上難掩興奮之情道：「快起來，我們去偷窺！」

我一下子還沒辦法理解她說的，努力地在腦子裡處理完這段資訊後，我斜眼問她：「妳頭殼壞去囉？」

女鬼罵道：「人家好心叫你一起去耶，我知道有帥哥在你一定不敢對不對？不過既然可以隱形，還不趁機來些好康的就太笨了。」

我跳起來，女鬼剛剛的話實在說進我的心坎裡了！

「妳、妳真是我的知己，妳曉得我有多痛苦嗎？我都快……」我猛然閉上嘴巴，緊張地窺伺四周，深怕被死鬼聽見又要刮我一頓。

「放心啦，他在洗澡。」女鬼指指浴室，再指著趴在地上打盹的賤狗。

「我都快憋死了！」我小聲地說，「現在還好是靈體，之前有身體的時候死鬼還寸步不離跟著我，害我連ＤＩＹ都沒辦法。」

「天啊，對你這年紀的男生來說一定很難熬吧？」女鬼同情地說，「不過既然你現在是人家罩的，人家當然不會虧待你。」

偷窺啊……我仔細思考其中的利弊，說起來唯一的「弊」，就是怕被死鬼知道而已，和其中的「利」相比，簡直不值一提，反正被抓包時我就說是女鬼慫恿我好了，科科科。

思考完畢，我毅然決然轉頭對女鬼道：「事不宜遲，我們快去吧。」

女鬼露出奸笑，伸出根手指頭示意我小聲一點，接著就躡手躡腳地領著我走。我按捺不住既興奮又緊張的心情。宿願終於得償，認識女鬼看來也是有好事的，只是她的方向好像有些奇怪。

「喂，妳往這邊走幹嘛？這裡是浴室耶，穿過牆就會直接掉出去了。」我提醒女鬼。

她回頭驚訝地說：「人家本來就是要去浴室偷窺啊，趁帥哥在洗澡偷看他。」

「……我要睡覺了。」

PHANTOM

Chapter 7

再度啓程

AGENT

我們在山腳下訂了間稍遠的民宿，離原來的溫泉旅館有些距離。死鬼認為旅館工作人員脫不了干係，而我們上次來問東問西的，說不定真凶會有所提防，因此死鬼還特地為此變裝。

他所謂的變裝就是換回我原本習慣的打扮，他說這樣的效果比戴假髮要好多了，絕對不會有人認出來，連女鬼都哀嘆著這是什麼沒品味的裝扮……

而最引人注意的賤狗，在外時就只能待在超大行李箱裡，死鬼還很苦命地拖著牠走，等到了房間裡，死鬼才筋疲力盡得不支倒地。

「就跟你說不要帶牠來嘛，現在後悔了吧？」我幸災樂禍地說。

「你的身體缺乏鍛鍊，這種重量竟然累成這樣……」

「就是說啊！」

女鬼在一旁幫腔，「人家每次出國帶回來的戰利品啊，比那隻胖狗都要重得多了，是你太遜了啦。」

我不滿地說：「喂，妳竟然吃裡扒外！我要跟死鬼說妳昨天偷看——」

女鬼連忙用力地按住我的嘴巴，力道之大，我彷彿能聽到她手指關節喀喀作響。

「你閉嘴！你要是敢說出來，我就告訴他你跟我一起偷看！」她小聲地威脅我。

我馬上停止動作，我可不能忍受這種不白之冤，死鬼應該不會蠢到相信這種鬼話，但他一定會多少酸個幾句，我才不想看他要自戀。

「你們什麼時候變得如此要好？」死鬼有些驚訝地問。

「嗚嗚嗚嗚嗚嗚嗚（鬼才跟她感情好啦）！」我含糊不清地說。

女鬼更用力地架著我，鬼扯道：「就、就是啊，我們現在就像姐弟一樣呢！」

「好啦！快放手，我下巴都要被妳弄歪了！」我掙脫女鬼的鉗制，整了整我發疼的下巴，「妳是神力女超人喔？我看賤狗跟妳打可能會勢均力敵……」

我假裝沒看到女鬼橫眉豎眼的樣子，對死鬼道：「接下來要怎麼辦？我們要潛進旅館翻箱倒櫃找照相機嗎？」

「如果她真的拍到了重要的證據，你想凶手會留著對自己不利的物證嗎？」死鬼反問，「我整理了她之前的行程，不足的部分則向另外三人補完，這就是我們這次的重點。」

我不可置信地看著那張寫得密密麻麻行程的白紙，瞪著眼睛問：「你什麼時候弄的？我都不知道。」

死鬼拿了顆小泡棉足球逗著賤狗玩，道：「在你昨天跟 007 打架、試著玩高空彈跳，然後睡了一下午的時候。」

女鬼在一旁幸災樂禍地說：「人家和帥哥昨天忙了一整天呢，只有你這個小白痴什麼都沒做，就會找麻煩。」

昨天我玩高空彈跳從陽臺跳下去時，死鬼坐在電腦前手指敲打得迅速如飛、還一邊講電話，原來都是在忙這檔事……

我本來預計從陽臺跳下去應該正好會掉在地上，但我錯估了我和身體之間所能離開的最長距離。我從八樓往下跳，結果在離地面三十公分左右時赫然停住，上也上不去，下也下不來。

後來是死鬼將我拖回去的，他走出門然後從樓梯繼續往上爬，我就像是被繩子往上拉一樣平安回到了陽臺。想當然耳，他回來之後一臉陰沉，害我都不敢跟他說話。

我趕緊轉移話題，拍死鬼馬屁說他真是心思縝密、警察中的模範之類的。

死鬼聽了我的阿諛奉承，絲毫不為所動，譏笑道：「你只有靈魂體還這麼會睡，才真的是了不起，當心睡到腦袋發霉。」

「怎麼會？你現在在我身體裡啊。」

「我雖然在你身體裡，但用的可不是你的腦袋。我很懷疑你那比酸梅還小的腦子是否還有思考能力。」死鬼冷笑道，站起身換上了民宿提供的浴衣和棉袍，「該辦正事了，還是你想再睡個一整天？」

我悻悻然跟了上去，女鬼則開心地在死鬼身邊打轉，直嚷著這是他們值得紀念的第一次約會。

到了溫泉街，我們按照女鬼的行程一家家探訪。死鬼負責問問題，我和女鬼則在店內四處查看，希望能找到違禁品。

賤狗四處嗅聞，死鬼讓牠穿上衣服和頭巾，反而讓牠更引人側目。

「喂，三八。」走了八間店之後我提出疑問，「妳真的是來探聽內幕的嗎？為什麼我們從剛剛到現在都是在逛大排長龍的小吃店啊？妳覺得賣章魚燒和烤魷魚的店都有嫌疑嗎？」

「哪、哪有啊。」

女鬼心虛地轉頭，「你不要說得人家好像是為了來吃東西的好不好？人家是很積極地想要揭發這裡的醜聞耶。」

「對啦，那賣冰淇淋的老闆娘說有個女人狂吃了店裡所有口味是怎麼回事？真佩服妳沒有吃到烙賽！」

死鬼看了我一眼，輕聲道：「好了，你們兩個能否安靜個一時半刻？給我一點時間……」

死鬼講到一半戛然而止，順著他的視線看去，只看到女鬼一副呆滯的樣子。

「怎麼？看到鬼喔？」我問女鬼道。

「那個……」女鬼指著在遠處一個打扮得不三不四的男人，「他是當時人家看到的偷竊犯之一耶。」

那個人大搖大擺走在街上，臉上濃重的黑眼圈簡直就是毒蟲的註冊商標，他正快速地往山上的方向走。

「死鬼，我覺得那傢伙很可疑，要不要跟蹤他？」

我嘴上是在詢問死鬼的意見，不過腳下已經不由自主地往那方向去了。

死鬼看了看手上的名單，洋洋灑灑一大排全是賣吃的店。他花了不到三秒鐘就決定了：「好，我們跟著他，總比在這裡漫無目的地亂闖好。」

我們悄悄跟在那人後面，漸漸離開溫泉街，到了沒有人煙的地方。看他越走越偏僻，我心中的不安也逐漸升起，雖然看樣子他似乎沒發現有人在跟蹤，而死鬼也對自己的跟監技巧極有自信，但說不定那男人也是特種部隊出生的咧。

「完了，死鬼，他是不是發現你在跟蹤他啊？」我急忙拉住他，「不要再走了，說不定他是打算到沒人的地方宰了你！」

死鬼搖搖頭，輕聲說：「沒事的，我會看情況。」

等那男人過了半山腰還持續往上走時，我和死鬼對看了一下。在這上面只有……

果不其然，男人走進了我們上次所住的旅館。

一瞬間，有種「所有的謎題都解開了」的感覺。

「我猜一定是因為妳拍了他偷竊的照片，他怕東窗事發，而他正好是這個旅館的員工，妳又好死不死來這裡投宿，所以乾脆一不做、二不休，趁妳拉K神智不清時，用力將妳壓進水裡……」我推理道。

「就說了人家沒有那個嘛！」女鬼忿忿不平地說，「而且人家在旅館飄了那麼久也從來沒看過他啊！」

「他、他不是員工?!他會不會是做內場之類的，所以妳沒見過他？」

「人家也不知道。」

死鬼望著旅館門口，思忖道：「你們兩個……不，妳去就好，我不能太靠近，省得被認出來。妳進去看看那人是什麼來頭，他既不像員工，也不是客人……」

「是！」

女鬼接獲指令，舉手行了個禮，便一溜煙跑得不見鬼影。

女鬼這一去花了半小時才回來，我和死鬼都以為她是否遭到不測了，她才慢慢地晃了出來。

「喂，是叫妳去看看而已，妳該不會又忘了正事跑去泡溫泉了吧？」我扠著雙手指責道。

「才沒有呢，人家一直都在找那個人！」女鬼露出迷惑的樣子，「可是人家找了半天都沒看到他耶。」

「他不在旅館裡？妳確認過了嗎？」死鬼皺眉問。

「嗯！」女鬼用力地點頭。

我和死鬼面面相覷，這麼大一個人怎麼會憑空消失？難不成旅館裡有什麼不為人知的密室或通道？

我們先回到民宿，決定等晚上再行動。賤狗因為太龐大了所以讓牠待著，我和死鬼及女鬼則偷偷摸摸往山上走。天氣越發寒冷，溫泉旅館的客人絡繹不絕。

我們爬上了屋頂，窺伺著下方來來去去的人們。

「人這麼多怎麼查啊？你要是下去走沒兩步就會撞上人了。」我對死鬼道，「不如，你在這裡等，我和這查某去找好了。」

「人家才不要！乾脆你下去，人家和帥哥一起在這等你好了。」女鬼首先發難。

死鬼沉吟道：「我也不放心讓你們兩個像無頭蒼蠅一樣亂闖，但更不可能讓你自己去。這樣的話，只剩一個辦法了。」

「人家跟你一起去、小鬼留下？」女鬼充滿期待地說。

死鬼正色道：「我要從你身體裡離開，讓她暫時進駐。」

「啥？」

我從沒想過會從死鬼嘴巴裡聽到這樣的話，因此一時之間無法理解，「你是指你要……然後她要……最後我要……」

「對。」死鬼斬釘截鐵地打斷我的支吾。

「欸？人家不要啦～」女鬼拉長了聲音抱怨，「如果你擔心人家的話，就直接一起去就好啦，為什麼還要人家去那個裡面啊？」

「我也不要這三八進我身體裡！」我抗議道，「你要出來也行，身體還我不就好了？」

死鬼嘆了口氣說：「不是我危言聳聽，只是我不覺得你有辦法順利回來，到時候你的身體可能無法負荷太久的魂魄離體狀態。」

我怒火中燒，一下子跳了起來向死鬼說道：「你少瞧不起我，出來，我現在就回去給你看！」

死鬼閉上眼睛，慢慢浮出我的身體。我忽略女鬼在一旁大呼小叫著死鬼的本尊有多帥，努力地想要接起我和身體之間的感覺，試了幾次後，還是宣告失敗。

「所以說，我不能帶著身體潛入，而你的身體不能沒有靈魂在，萬全之策就是我和你進去……」

死鬼頓了一下，看向女鬼，「妳暫時幫他看著身體。」

「喂，你又知道這查某可以順利附身喔？」我提出異議。

「再怎麼樣也比你強。」死鬼尖酸道，然後轉向女鬼，一臉真摯地說：「當然，我不會強迫妳這樣做，前提是要妳願意才行。不過，我相信妳的能力也信任妳的為人，所以我才會託付給妳。」

女鬼一掃剛剛不情願的樣子，雙頰泛紅、眼波流轉嬌羞地說：「既……既然你都這樣說了，人家也不好意思推辭了啦。」

我做出噁心嘔吐的樣子，不過一點都不影響他們兩鬼之間含情脈脈的交流。

女鬼在死鬼的指示下躺進我的身體裡，嘗試了三次後，她便消失不見了。接著，「我」就睜開眼睛坐了起來。

「討厭，身體好重喔。」女鬼用我的聲音碎碎念著。「人家做得不錯吧，至少比那臭小鬼厲害多了。」

我全身發冷，看到「我」裝得嬌滴滴的樣子向死鬼撒嬌，我罵道：「拜託妳不要這麼噁心好不好，年紀一大把了講話還在『人家』、『人家』的，丟不丟臉啊？」

「人家一直都是這樣講的，之前也沒聽你有意見啊。」女鬼眨著眼睛裝可愛。

……真夠噁心的。

女鬼大概是為了惹我生氣，故意裝模作樣地拈著蘭花指撥弄頭髮，扭腰擺臀晃來晃去。

我感覺到腦中有什麼崩斷的聲音，咬牙切齒捏著手指關節道：「雖然我不打女人，但妳現在不是女人的外表，我就可以放心動手了。」

「我」落荒而逃，跑到死鬼的背後狡詐笑道：「討厭，你怎麼能要求人家像你一樣粗魯呢？人家可是好心幫你看身體耶。」

我聽著女鬼用我富有男子氣概的聲音，講著這些噁心的話，頓時怒火凌駕了微薄的理智，就要衝上去扁她一頓。

「咳！」

死鬼乾咳了一聲，伸手阻止了我和女鬼之間一觸即發的態勢。「那麼，妳就在這留守，我和他下去探查。如果兩小時之內我們沒回來，妳就回民宿帶 007 過來，牠自然會看著辦。」

死鬼的語氣冰冷，我可以想像賤狗的「看著辦」會是何等地慘絕人寰了……

「對了，死鬼，我的身體不是有距離限制嗎？等一下走到半路被這查某拉住了走不動怎麼辦？這麼胖我可拉不動她。」

死鬼趕緊安撫氣得七竅生煙的女鬼，一邊還瞪了我一眼。「等一下如果妳感覺到被拉扯，就試著在不被發現的狀況下往那方向移動，這旅館沒多大，應該不是問題。」

交代完注意事項後，「我」趴在屋頂上依依不捨地向死鬼道別，死鬼則非常瀟灑地直接跳下屋頂，俐落地落地。

我學著死鬼往下跳，一個重心不穩、狼狽地摔在地上。

死鬼伸手拉起我，「你還真是笨拙，當鬼也有一段時間，應該要習慣了吧？」

我嘿嘿笑著：「你別說風涼話，我還記得當初是誰在第一次見面時，就跌個狗吃屎的。」

「是嗎？我怎麼不記得了。」死鬼撇過頭裝傻。

「切，隨你便啦，反正你心知肚明。」

我們站在牆壁旁，只伸進一顆頭打探情況。我正要穿牆而過時，被死鬼一把扯住。

「幹嘛？反正我們現在是鬼，你還擔心被看到喔？」

「你忘了之前我們也預設過這種情況，結果被整得很慘嗎？差點連命都沒了。」死鬼的臉浮在牆壁上，一雙眼睛左右轉動，要是真有人看得到，八成也會被嚇得剉賽。

雖然變成靈魂體是方便多了，但依然有安全之虞，所以死鬼決定我們只能沿著牆壁行動，盡量把身體藏進牆內，以免多生事端。

我們從大門進去，經過陰森森的大廳。我敢保證，這裡一定有不乾淨的東西……那三八就是一個，所以賤狗才這麼奇怪。

我記得看電視上的靈異節目，這種山上的建築，說不定正好建在陰陽兩界交會處，所以磁場特別奇怪，雖然人感覺不到，但動物敏銳的第六感就知道這裡不尋常。

我登時覺得溫暖的旅館內颳起陰風陣陣，周圍的氣氛也變得詭譎。雖然二度來到這裡，我都沒看見什麼鬼東西，但還是不由得毛了起來。

我打著哆嗦問死鬼道：「喂，死鬼，我跟你說這裡一定有問題，說不定這些客人明天一起床就發現自己睡在墓仔埔裡，吃的食物其實都是土做的，而旁邊的墓碑上刻的就是老闆夫婦的名字！」

「我也可以跟你說，你的煩惱都不成問題，這裡的人每一個都比你要像人多了。」死鬼譏笑道。

「你在說什麼啊？你不會覺得那個老闆也像人類吧？我猜他應該是生化改造人……」

我一轉頭，一張恐怖的臉瞬間映入眼簾，就是那個生化人老闆！

心下第一個念頭是，我說他的壞話被抓包了，所以他才怒氣沖沖地想宰了我。

我連忙倒退，不小心撞上死鬼。他大概正看著別處，沒注意到我的動作，竟然被我撞得一個踉蹌飛了出去。

我們跌成一團，死鬼還碰倒了老闆從柬埔寨帶回的巨型下咒木雕。

我跌出去時，才看清楚生化人老闆站在旁邊面對著牆壁，拿著抹布努力擦著牆上的畫框。雕像倒地發出巨大的聲響，老闆還心虛地左右看了一下。

老闆娘聽到動靜後從轉角出現，一邊罵著老公怎麼整天破壞物品之類的，一邊將雕像扶起，我和死鬼慌慌張張爬起縮回牆壁裡。

「你幹嘛實體化啊？鬧出這麼大的動靜，幸好沒有什麼陰陽眼的跑來。」我罵道。

「剛才看你要跌倒，就習慣性地實體化接住你。」死鬼聳肩道。「你發什麼神經？走得好好地突然手舞足蹈起來？」

我不敢跟死鬼說因為看到老闆的臉嚇了一跳，否則一定會被他嘲笑，只好推著他往前走，敷衍道：「那不是重點啦，快走。」

死鬼嗤笑一聲，什麼也沒說，自顧自地走。

我們這次潛入的目標就是找到那個人，以及看看旅館裡有沒有違章建築。

因為在牆壁裡移動，才注意到這裡到處都埋了類似驅鬼的符紙，在不顯眼的角落也有各式各樣的八卦或木劍，只是沒啥用處，我和死鬼、甚至是女鬼，還不是都在這裡暢行無阻？

為了方便服務客人，旅館三層樓每一層都有員工房間，而從外表實在很難分辨出與客房的差別，清一色都是和式的木拉門。

根據死鬼的理論，寧願錯殺一百也不願放過一個，我們只好每個房間都查看。不過……

「為什麼這一間不讓我進去？」我困惑問道。

「因為這間房的女客人衣衫不整，讓你貿然侵犯別人的隱私太沒禮貌了。」死鬼嚴肅地說。

「哇靠！難怪你說要讓你先進去，原來是這樣……那你也看過了，不是也會侵犯到人家的隱私嗎？你根本只是想自肥吧！」我抗議著，想穿過死鬼的屏障，但他死死擋著我不讓我越雷池一步。

死鬼一本正經道：「不一樣。我對於女性裸體沒有任何特殊想法，而你一定會用猥褻的目光打量，這樣對女性太失禮了。」

「要是看到裸體還像你一樣沒感覺，對人家才失禮咧。」

死鬼邊走邊四處摸摸敲敲的，希望可以找到暗門或是藏起來的空間。

我跟在後面，看著他冷淡的眉眼和寬闊的背影，有股久違的熟悉。

「你這麼熱情地盯著我的背，我應該要有所表示嗎？」死鬼突然轉過頭戲謔地說。

「笨蛋！」我啐道。「只是覺得這樣比較順眼，好像回到我們剛認識的時候，有點懷念。」

「是嗎？我倒是沒什麼印象了。」死鬼惡毒地說。

「你這傢伙真是討人厭！我竟然會懷念被你驅使的日子，真是太白痴了！」我陷入了自我厭惡的情緒中。

往前走了幾步，死鬼驀地停下腳步，「其實……我記得很清楚……」

「我知道，我也曉得你只是嘴賤罷了。」

死鬼笑了一聲，因為背對著，看不清楚他臉上是怎樣的表情。

「是啊，你幹過的蠢事多不勝數，要忘記也很難。」

可惡！我恨恨地抬腿踢了他一腳，死鬼毫不在乎地牽起個讓人肚爛的奸詐嘴臉。

我跟死鬼一路打打罵罵走到一樓邊間的地方。只剩下最後一間，和旅館格格不入的鐵門上掛著大大的牌子——「機房重地，請勿進入。」一看就覺得很可疑。

我們探頭進去，室內昏暗，頭頂唯一的一盞燈忽明忽滅。完全踏進這後，不適感驟增，不過周圍看起來沒什麼特別，堆滿了雜物。

「切，不過是一間倉庫嘛，搞得我以為是不是藏了一堆槍械。」我掩著鼻子說道，這裡粉塵紛飛，髒得要命。

死鬼端詳著地面，臉色嚴肅道：「就一間倉庫來說，你不覺得有些問題嗎？」

我奇怪道：「哪裡有問題？很正常啊。」

「這條通道太寬了，四、五個人並排走都沒問題，如果這是一間倉庫，它的空間利用也太浪費了。」

咦？好像是耶。走道兩旁的雜物堆得半天高、搖搖欲墜，但留一條這麼大的走道連大象都可以過了。「會不會是那個猩猩老闆用的啊？以他的體型來看倒是有可能。」

「這個走道和旁邊比起來相對要乾淨許多，但不會有人特意打掃倉庫走道吧？」旁邊堆的箱子上積著厚厚的灰塵，根本看不出來是啥顏色了，所以……

「代表這個倉庫常常在使用囉？而它的主要功能不是倉儲，而是作為旅館和某個不知名的地方的通道。」我推測。

死鬼沿著走道查看，在倉庫盡頭的地上是一個看起來像地下收納空間的門，那扇門相當大，我想下面的空間大概都能當巨型防空洞了。

「我們下去看看。」死鬼踏上了門準備要沉下去。赫然，他像觸電般縮回了腳。

「怎麼了？」死鬼突然的大動作也嚇了我一跳，連忙看看他是否受傷。

「這門……我們下不去。」死鬼眼神凌厲道，「可能有什麼防禦機制。」

「那麼……」我退後一步，「從遠一點的地方潛進去如何？」

我讓身體下沉至地底，然後往前走，但那個地下空間彷彿有一道看不到的障蔽，無論我如何蹬地都無法前進。我和死鬼試著從各個方向進入，都徒勞而返。

「嘖，這鬼地方放了一堆沒用的符咒，結果最可疑的地方卻擋住了。」我煩躁地扯頭髮。

死鬼蹲在地上研究，「這裡的符咒不一樣。我們剛剛看到的應該是當初旅館在建成時就埋進去的，而這個地洞相對來說比較晚挖掘，所以埋的符咒比較新。這應該不是特別防範什麼，只是這不一樣的東西剛好擋住我們。」

「啥毀？你啥時變神棍了啊？還是『久病成良醫』，因為被驅逐慣了，所以對這種東西比較敏感？」我嘲笑死鬼道。

死鬼冷淡地瞥了我一眼，「靠感覺就知道了。我們先離開再做打算，你沒用的身體可能要派上用場了。」

離開機房，為了避免有漏網之魚，我和死鬼依然搜索了整棟旅館，不過都沒什麼發現，沒有暗門也沒有那個男人的蹤跡。我們和女鬼會合後回到民宿，決定等星期日晚上再次潛入，畢竟這次要帶著身體，只好等旅館打烊。

隔天下午，我臭著臉看死鬼一副頭痛欲裂的樣子。

「抱歉，我昨晚喝多了。」死鬼揉著前額道歉。

「我知道，我現在也頭痛得要命。」我咬牙道，「你這傢伙，昨天搞了一堆事出來後竟然就倒頭大睡，你知道我有多辛苦嗎？」

死鬼一臉詫異道：「我做了什麼嗎？我沒印象了。」

「你竟然不記得！你以為只要裝不知道就能逃避責任嗎?!」我火冒三丈地跳了起來。

「……我該不會對你做了什麼吧？」死鬼皺眉道，「那麼，我也不想推託，只是以我們的狀況有些麻煩，我記得冥婚的習俗和忌諱很多……」

「F*ck！冥婚你的頭啦！你想到哪去啊?!」

「因為你像個女人似地計較不停，我也只能從這方面去想了。」死鬼面無表情道，「既然不是就好，要是得和你冥婚，我死也不瞑目了。」

我火大地拍桌站起，「你這傢伙也真是！老闆勸酒你就喝了一堆，喝醉了就坐在那裡一臉陰沉，老闆還以為你是撞邪了咧！」

死鬼有些歉疚道：「不好意思，我不曉得你的身體這麼不勝酒力。說起來，你的肝可能不太好，照理說你這年紀，酒精代謝應該是很快的……」

「吵死了，這年頭有好肝才奇怪咧！資優班熬夜念書，放牛班熬夜打怪，每一個都是燃燒自己的肝照亮生命……靠北，你別扯開話題！」我看看房間，「盡會找麻煩！那三八一大早就跑去偷窺了，說要來一趟澡堂巡禮，真懷疑她是不是欲求不——」

死鬼猛然按住我的嘴巴，接著我就聽到女鬼充滿喜悅的歌聲，一路唱一路飄進來，然後開始興奮地說，今天的廟會有多好玩、男人有多帥……

PHANTOM

Chapter 8

久違的潛入偵查

AGENT

終於到了月黑風高的夜晚，我們照著昨天的模式，從樹林走去，然後爬管線到旅館屋頂埋伏。賤狗今天依然沒來，因為牠也喝醉了，怎麼樣都叫不醒。

等老闆娘關了大門的燈之後，卻遲遲不見旅館員工離開。死鬼讓我和女鬼去看看情況，我要動身時，大門口的燈忽地又亮起。

山下，有種聲音隱約越靠越近，從林間的閃爍燈光看來，死鬼判斷出那是一群車隊。這旅館不是只有假日營業嗎？

十幾輛休旅車夾雜著小客車開了上來，在旅館前停下，幾乎停滿了旅館前的空地。

「嗯？」死鬼發出疑惑的聲音，「這些是停在下方停車場的車子，怎麼會全部一起開上來？」

這時，那些駕駛打開車門，站在車旁邊望著旅館內，似乎在等待什麼。而令人震撼的是，那些人竟然都帶著武器，有些人腰間插著槍，也有些人背著像是烏茲衝鋒槍那種東西……這不是只有打CS才看得到的重裝武力嗎?!

「靠！死鬼，這些凶神惡煞一定是來尋仇的，我們要趕快通知老闆他們快逃才行！」我焦急地拉著死鬼。

死鬼眉頭一皺，似乎察覺事情並不單純。他按著我，用嘴形叫我靜觀其變。

不一會兒，大門口出現了人影。老闆推著個沉重的推車走出來，臉上沒有絲毫驚慌的樣子，而推車後還跟著一人，那人竟然也背著槍。

老闆和其中一個駕駛交頭接耳了幾句，然後打開休旅車車廂，將推車上的木頭箱子一個個搬了上去。

陸陸續續不斷有推車出來，上面放的全是一樣的木箱，每輛推車一定都有一個帶著槍械的人，箱子搬上車之後，那人就跟著駕駛一起坐上車。

「是什麼東西需要這樣勞師動眾地運送啊？而且火力也太強大了，我看就算是美國總統也沒有這種待遇。」我目瞪口呆道。

「是不是運鈔車？」女鬼道，「人家猜一定是鈔票，只有運鈔才需要這種等級的護送吧？」

死鬼沒說話，他不像我和女鬼可以暢所欲言，要是他發出一點聲響，一定會被打成蜂窩。我們屏氣凝神看著那些人不斷搬貨，而其中也不乏旅館的工作人員，他們脫下工作服後，竟然都搖身變成藍波了……

我不禁咋舌，如果那一箱箱都是鈔票，那旅館的營業額也太高了吧，開銀行都不成問題，早知道開旅館這麼好賺，就叫我老爸不要搞討債公司了。

死鬼突然附在我耳邊輕聲說道：「你從地下過去，試試能否看出箱子裡裝了什麼。」

我依照死鬼的指示，趁沒人注意時悄悄鑽進最近的車子裡。將頭伸進箱子裡，裡面塞得嚴嚴實實，我只能看出那裡頭裝的東西是顆粒狀的，看不出實際是啥東西。女鬼也躡手躡腳溜了進來，不過還是無法分辨那裝的是不是鈔票。

等那一輛輛重裝車開走，我提議道：「死鬼，我們要不要去跟車啊？看他們載到哪卸貨，到時候應該就知道他們到底是做什麼見不得人的生意了。」

死鬼搖頭：「我有預感，他們要去的地方更危險。還是照原定計畫，我們先去那個地道，趁現在走了不少人，應該是警戒最薄弱的時候。」

等最後一輛車的尾燈消失在樹林裡，老闆夫妻才進去旅館熄燈。

我先鑽進旅館，確定周圍沒人，死鬼打開屋頂的窗戶，然後縱身跳進去，輕巧地落在地上沒發出太大聲音。

「我剛剛看到老闆夫婦往二樓走，應該是要去休息了；沒見到其他員工，現在一樓半個人也沒有。」我向死鬼報告情況。

我們貼著牆，鬼鬼祟祟地朝機房移動。室內一片昏暗，從窗外照進來的微弱亮光將物品鍍上一層蒼白的光，看起來比平常更詭異了，尤其是那些怪模怪樣的雕像，彷彿隨時都會活過來一樣。我瑟縮在死鬼背後，眼睛都不敢亂瞟。

「你真膽小，人家住這裡的時候啊，都自己一個人在黑漆漆的旅館飄來飄去的呢。」女鬼不屑地說。

「少廢話！妳自己就是鬼還怕個屁啊。老子我不怕看得見的東西，只怕看不見的，妳這查某看到蟲子都尖叫個老半天！」我不甘示弱地回揭瘡疤。

「安靜一點，不要再比誰比較膽小了。」死鬼終於不耐煩地出聲喝止我們。

走到機房前面，死鬼伸手拉了拉門把，鋼鑄的大門紋絲不動。死鬼蹲下，拿出小手電筒照了照鑰匙孔，接著從口袋摸出兩根鐵絲，在其中一頭彎出個小鉤伸進孔裡，挖了挖就聽見啪嗒一聲，輕輕一推門就開了。

這時候，死鬼身上好像散發著一股不良少年才有的光輝，刺得我睜不開眼睛。我湊上前去諂媚地笑道：「哎呀，我之前真是小看你了，還以為你只是一個什麼都不會的條子，竟然偷藏著這種絕招沒說，有空也教我一下吧。」

「好讓你去為非作歹？」死鬼挑著眉毛、不置可否地說。

我們拉開門，一股霉味撲鼻而來。我看到女鬼好奇地四處打量，問道：「妳在這那麼久，不知道這裡有玄機嗎？」

「人家是常常看到員工出入這裡，不過從沒想過要進來，沒事誰要進這種骯髒的地方啊？」女鬼厭惡地說。

到了通往地下的門前，我往門上踩兩下，還是下不去。死鬼彎腰拉著突起的門把，將沉重的門給拉起了。冷冽的風一下子衝了出來，金屬摩擦的聲音在倉庫內響起了回音，死鬼小心翼翼地放下門，側耳傾聽動靜，直到確定沒有異狀我們才趕緊走下去。

門下是一條深幽的地道，平緩的斜坡修得極為寬闊平整，水泥牆壁每幾公尺就點了盞燈，地道倒是比地面上要亮多了。看到這更可以確定了，剛剛那一個個木箱子一定是從這裡運出來的，這條地道是修建用來運送的，地上還有清晰雜亂的車輪印。

我摸了摸牆壁，腳跺地幾下，然後道：「果然是在修建時埋進了符紙，不從大門走的話，進不來也出不去。」

死鬼將門拉上，並在門縫塞了坨嚼過的口香糖，以防有個萬一門被鎖上。我看到時會心一笑，死鬼見狀也笑道：「這是跟你學的。」

女鬼看看我又看看死鬼，不滿地說：「你們又在講什麼祕密了，都不跟人家說！」

我和死鬼有志一同地閉上嘴，省得一說下去就沒完沒了。我們聽著女鬼的抱怨，一路向未知的盡頭走去。

由於這次情況特殊，死鬼讓我打頭陣查看是否有監視器什麼的，他和女鬼則相隔幾公尺跟在後面。我膽戰心驚地走著，心裡不斷念著南無阿彌陀佛，一邊要注意監視器，一邊要注意是否有陷阱，還要先做好心理準備提防半路上可能突然冒出來的東西。

走道盡頭是一扇同樣上開的鐵門，死鬼推開後，蟲鳴和火山獨有的「清新」空氣一湧而入，抬頭只看見再度露臉的月亮，被樹枝切割得支離破碎。

環顧四周，所見只有樹而已。

「搞什麼？這裡該不會是旅館員工偷懶的地方吧？」我踢了踢門旁的煙蒂。

死鬼往上走，一邊觀察周遭。猛然間，他硬生生停下腳步，害我一時煞車不及撞上他的背。我摸著鼻子罵道：「你是看到鬼喔！不會先出聲說一下喔！」

「你聞到了嗎？」死鬼輕聲道。

聞到什麼？我用力地往空中嗅，只聞到像壞掉雞蛋般濃濃的硫磺味而已。

「有個味道參雜在硫磺味裡。」死鬼解釋道，說完就迅速跳上地面，「這裡有路！」

旁邊有條延伸下去的路，也用水泥鋪得很平整，在這種原生林裡實在很突兀。死鬼不走路面，而是鑽進一旁的樹林裡，沿著路往下走。

走沒多久，眼前豁然開朗，我們已經走出森林了。聳立在眼前的是一棟外表破爛的巨大建築物，簡直和那間旅館不分上下。

我看著眼前高聳的鐵絲網，上面還掛著一個顏色鮮明的牌子寫著「通電中，請勿觸碰」。

我問道：「這裡該不會是監獄還是政府的祕密生化實驗所吧？」

「不知道。」死鬼探頭看，「不過設下了這麼嚴密的防護措施，那棟建築物一定大有來頭。」

「咦？人家好像來過這裡耶。」女鬼大呼小叫。

我不耐煩罵道：「笨蛋，妳每天都在這附近晃來晃去怎麼會沒來過？」

「不是啦，人家是說還活著的時候。那時人家來山上結果迷路了，在樹林裡繞了好久喔，就有看到那棟房子。人家本來以為那是監獄，就趕緊跑掉了。」女鬼左看右看，似乎在找她當初來的路。

「迷路？那妳怎麼回去的？」

「人家繞了好久，本來以為要發生山難了，結果遇到一個住附近的人帶我回去。」

「在這種地方能遇到住戶……」死鬼皺眉思考了會兒，問道：「這件事妳告訴過任何人嗎？」

「有啊，人家好不容易回去之後，問旅館老闆娘那是什麼地方，還拿照片給她看，不過她也不知道，應該是私人工廠吧。」

我們退回樹林裡，藉著樹蔭的遮蔽找到了大門，門前有一臺不知道是刷卡或是輸入密碼的機器，應該是這裡唯一的入口，門上還有監視器。

「我們要怎麼進去？從大門是不可能了，要翻過去也很困難，這可是通了電的，要是碰到八成會變烤肉串。」

死鬼沉吟了一下，道：「你先進去，然後依我的指示行動。」

我小心翼翼地站到了鐵絲網前，雖然我是靈魂體，應該不會有什麼問題，但還是覺得怕怕的。

「喂，死鬼，人家不是說靈魂是一種能量嗎？而電也是能量吧？我這樣穿過去不會有問題嗎？」

死鬼一臉受不了地說：「不要廢話了，我保證你不會有事。」

我掙扎了一下，抱著壯士斷腕的決心，閉上眼睛，往前跨出一大步……咦，沒有感覺嘛！我回頭看，發現我已經平安穿過去了。

「好，你現在去找電網的開關。我想這裡應該不會用到中央操控系統，網牆的開關應該距離不遠，如果找不到，就要靠你一個人去探查了。」

「你幹嘛不從我的身體裡出來，關掉開關後再進來？」我奇怪問道。

死鬼沒好氣地「青」了我一眼，「你以為這樣很輕鬆？我不想耗費太多體力在你的身體裡來來去去，靈魂的能量是固定的，耗完就會魂飛魄散，浪費在你身上太得不償失了。」

「對啦對啦，我就只會找麻煩幫不上忙啦。」我不爽地說。

我和死鬼隔著網牆開始往旁邊尋找開關，「就是這個吧？」我指著一個像是郵筒的東西問道，「我看看……對耶！另一面就是開關。」

我伸手將充壓器關掉……呃，碰不到。這時死鬼抬頭確定了這裡沒有監視器，然後從口袋掏出一坨東西，我仔細一看，原來是一條尼龍繩之類的東西，另一端還連著鉤子。

「喂，你是哆啦○夢喔，從哪生出繩子啊？那是幹嘛的？」

死鬼一邊將繩子解開一邊道：「這是不導電材質的繩子，幸好我帶了。」

「哇靠！你不會預測到會有電網了吧?!」我不可置信地道。

「怎麼可能，我只是把或許會用到的東西都帶在身上了。」死鬼將繩子高高拋過網牆。

……他到底還帶了什麼東西啊？我看著繩子越過網牆，這端的鉤子正好落在那開關閥前。

「你跟我說要往哪裡移動，我用鉤子將開關拉起。」死鬼指示道。

「你怎麼知道是哪種開關？如果是平面的話你要怎麼關？」

「少廢話。」

照我的指示，死鬼非常精準地鉤住了開關並將之拉起。

死鬼翻過網牆後默不作聲，只向我招了招手示意我先不要說話，然後躡手躡腳地順著林子的邊緣開始前進。

他繞了一圈來到建築物後面，左看右看了半天才放輕腳步上前。我們躲在窗戶下，然後慢慢探出頭觀看房子裡的情況。

房子裡燈火通明，只是窗戶覆蓋了滿滿的灰塵看得有些模糊。裡面影影綽綽似乎很多人。死鬼伸手擦了擦窗戶以便看清楚。

此時我可以確定，這不是旅館。裡面看起來像是個工廠，一堆瓶瓶罐罐和巨大的鍋爐，許多人在裡面忙碌不停，似乎在蒸煮些什麼，還有人將大鍋子裡的東西倒進盤中，也有人忙著抬起桶子將裡頭的東西往鍋爐裡倒。

整座工廠看起來相當悶熱，一堆開著火的鍋子又密不通風的，但所有人竟然都戴著防毒面具，還有隱隱的臭味飄出來。

「他們在幹嘛？做麻糬喔？」我問。

「不是啦，我覺得他們是做蔗糖的。」女鬼分析。

我轉頭想悄悄地問死鬼，卻發現他臉色鐵青。

「怎、怎麼了？」我忐忑不安地問。

死鬼深吸了一口氣，抓著我就回頭，女鬼連忙跟了上來。一直退到網牆邊，他放開我，臉色僵硬道：「一切都水落石出了。」

「……你該不會要說那些麻糬是證據吧？」我挑眉問。

「這是一個製毒工廠，裡面在製作安非他命。」

從麻糬一下子跳到安非他命，我的腦袋一時還轉不過來，死鬼說的是新品種的食物嗎？

「妳應該是誤闖進這裡還拍了照片，雖然不曉得這裡是製毒工廠，但被發現了就只能殺人滅口。」

死鬼嚴肅說道，「這間溫泉旅館只有週末開放，平常的日子，員工的主業就是製造毒品，剛剛那些箱子裡應該就是安非他命，那些毒品比同體積的鈔票還要值錢，難怪要這麼強大的武力保護了。」

說起來，女鬼還真是衰到家了，亂闖竟然也能跑到這來。

「原來這裡是毒品大本營。」女鬼喃喃說著，「要是早點發現說不定真的可以得獎了。」

「妳這笨蛋！現在哪還有閒情逸致去想妳的普立茲啊！」我緊張道：「我們快走，要不然被發現就完了，到了山下就趕緊去報警。對了，網牆開關……」

「無所謂，從外面可沒辦法將開關往下拉，而且大門……」死鬼邊說邊爬上網牆，「那裡有監視器，只能趕快跑了。」

我們拔足狂奔跑回原來的地道，直到關上門都沒聽到什麼動靜。

再次穿過漫長的地道，死鬼輕輕推開一條縫，確定沒人之後才打開整個大門。他走上去後回頭要拉我，此時，一陣悶響，我倏地一陣暈眩、踉蹌了幾步。

模糊中我看到死鬼軟倒在地上，他背後是舉著棍子、面目猙獰的小百合，然後……

眼前逐漸清晰，首先映入眼簾的是我的手。我動了動手指，視野慢慢擴大。我眨了眨眼睛，隨即感覺到後頸的劇痛，痛得我齜牙咧嘴。

這時，我才意識到我是以很難看的姿勢趴在地上。我抬起手往後腦勺摸去，什麼也沒摸到。

我勉強撐起上半身，四周……都是樹！媽呀，我想我一定會做好一陣子被樹人追殺的惡夢，我一點都不愛好大自然，最近卻老是被樹包圍！

驟然間，一個蒼白的臉靠到我面前。

「啊娘喂啊！」我以迅雷不及掩耳的速度連滾帶爬、後退了好幾步。

「誰是你娘啊！笨蛋！」

熟悉的尖銳聲音響起，我先認出了聲音，才認出了站在我面前氣呼呼的女鬼。

「我靠！妳這鬼臉靠這麼近是要嚇死人喔，我還以為是我死去的老媽來找我咧！」我毫不留情批評她在黑暗裡更顯蒼白詭異的臉孔。

「笨蛋！你以為我想來找你啊，還不是那個帥哥叫我來……」

「等等！妳說死鬼？他在哪裡？」我心急如焚地站了起來。

一提到死鬼，適才的回憶全部流了進來。死鬼應該是遭到小百合的偷襲，結果與身體尚有聯繫的我也一起昏倒了。

女鬼嘟著嘴指著我身後：「不就是那邊？」

我回頭一看，發現我就躺在旅館大門外。

「死鬼還好吧？他的傷不礙事吧？」

「沒事，他們只是將他帶來這裡，還沒做什麼。不過我真沒想到，他們看起來都挺和善，結果一變臉都這麼凶。」

我馬上邁步要去找死鬼，那三八還在一旁喋喋不休：「好恐怖喔，我就說那個小百合不是什麼好人嘛。她打昏你們之後就去叫了老闆來，本來不知道想把帥哥拖去哪的，後來又帶回旅館了。結果啊，他一醒來就很著急地問你的情況，還把人家趕出來……」

我踏進旅館的大門，穿過那層層的奇怪擺設後，就看到死鬼被綁在一根柱子旁，雙手也被反綁在背後，看見我時臉上明顯是欣慰的表情。

「你這笨蛋！」我衝了過去，「明明知道這裡有問題，你還不小心一點，竟然被一個女人偷襲成功，虧你還是幹警察的！」

死鬼苦笑了一下：「抱歉，一時沒注意到，發現了他們的底細讓我有點過於興奮。」

「神經病！白痴！」我邊罵邊想解開綁著死鬼雙手的束線帶，但不用想也知道，我碰不到那些東西。「你的傷沒事吧？小百合還真下得了手，竟然敲得這麼用力。」

「沒什麼，她打得還挺到位的，打在我脖子上。你應該慶幸她敲的位置正確，要是再上去幾吋，我們這時候已經在黃泉路上相會了。」死鬼笑道。

「你還笑得出來！如果我的身體死了你也會死嗎？」我問。

「如果能及時出來應該是沒問題，不過我不可能放著你的身體不管，要是受了傷又沒靈魂在，等於是眼睜睜看著你死去。」

「欸！」我回頭喊那三八，「妳能不能解開這個？」

女鬼攤了攤手搖頭說：「要是可以人家早就解開了，不過人家也碰不到。」

「奇怪！為什麼死鬼可以實體化妳卻不能？你們同樣是鬼啊！」我努力地集中精神，看看是否能激發我的腎上腺素分泌，說不定我也可以實體化。不過嘗試了半天都是徒勞無功。

死鬼好笑地看著我道：「你是生靈，我也不曉得你有沒有這種能力，不過那不是隨便試試就可以做到的。」

我充滿怨懟地看著死鬼：「說來說去都是你啦！竟然做出這麼腦殘的行為……你酒醉還沒醒喔！」

死鬼沉思道：「我這幾天的確感覺精神狀態不太好，也影響了我的判斷力，可能是因為你的身體在排斥我吧，畢竟我不是身體真正的主人，所以沒辦法和你的身體有真正完整的連接。」

我還想繼續罵他時，死鬼的話給了我靈感。「對了，死鬼，你只要從我的身體裡出來不就可以逃脫了嗎？反正你可以實體化，解開我的手銬後你再回去，這樣就行了！」

死鬼制止了我，道：「等一下，我還有事想問清楚。」

我破口大罵：「肖欸！到時候條子會問的啦！最重要的是我們先想辦法逃走，趕快報警把他們繩之於法！」

死鬼嘆了口氣道：「好吧。」說完，他便閉上眼睛。

他這一閉就是很久，久到我甚至懷疑他是不是睡著了。我連忙搖晃他：「喂，死鬼，你怎麼了？」

死鬼倏地睜開眼睛，神色詭異地看向我：「我出不來。」

啥？出不來？

「不就像穿衣服一樣嗎？怎麼會出不來？」

「不知道，我沒辦法脫離你的身體。」死鬼動了動手指頭，「這繩子好像有問題。」

我看了看死鬼手上的束線帶，這我剛剛才試著想碰，應該沒問題。我目光移向綁著死鬼身體的粗大麻繩，馬上察覺了不對勁。這條繩子是暗褐色的，其中閃著一絲一絲的光芒。

我下意識地伸手想摸，剛一碰上就覺得接觸的地方炙熱無比，連忙縮回了手，但手指上沒任何痕跡。

死鬼見狀，皺眉道：「應該就是這個把我綁在你身體裡出不去，你別再碰了，至少這樣綁著不會對我的本體造成損傷。」

「哇靠，他們是看出我們都不是人，所以拿了這種東西來對付嗎？」我坐在地上，忍不住抱怨道：「你這個衰鬼，遇到你真是一點好事也沒發生過。」

死鬼露出耐人尋味的微笑道：「雖然你這樣想，不過我覺得和你在一起很愉快，連你脫線無腦遲鈍的反應都不會讓人反感。」

「你不會又在交代遺言了吧！上次以為你要去投胎那時，我記得你已經說過這種肉麻的話了。」我往後坐，跟死鬼並肩靠在柱子旁。

「這是我由衷之言，在緊要關頭、命懸一線的時候說，不覺得特別令人感動？」死鬼似笑非笑地道。

「神經病！又還沒死，你說這幹什麼？話說回來，他們把你關在這裡卻還沒殺人滅口是為了什麼？」我頭靠在死鬼肩上說。

「我想，他們應該有所顧忌。」死鬼沉吟道，「害怕我會不會是特地來探查他們的，所以暫時還不會對我下手。」

「你還真有自信。這樣下去可沒辦法撐太久，你打算怎麼做？」我問。

「喂！」

一個不合時宜的聲音插了進來。我和死鬼同時往聲音方向看去，這才注意到女鬼也在一旁。她柳眉倒豎、鼓著腮幫子，看起來相當憤怒：「你們竟然不理我，兩個人在那邊卿卿我我！」

「卿妳的頭啦！」我罵道，「說到底，我們會陷入這種困境都是妳害的！」

「干人家什麼事啊？」女鬼還一臉我冤枉她了的模樣。

「噓，有人來了。」死鬼出聲制止我和女鬼。

另一頭的木頭樓梯發出了吱呀聲，走下來的是那對奸商夫婦。

他們一臉煩躁，看來是討論該如何處理死鬼還沒得出個結果來。尤其是那老闆，滿臉橫肉又失去了微笑，看起來有夠恐怖的，比黑社會還像黑社會！

「你醒了，小弟弟。我有些事情要問你，請你好好回答。」老闆娘似乎忍著焦慮說道。

「問什麼？毒品的事還是你們殺了那個女記者的事？」死鬼譏誚道。

「你到底知道多少?!」

死鬼冷笑了一聲：「就從我最早知道的開始吧。我記得，上週末老闆從柬埔寨回來時我正好在此叨擾，還看到了你們非常辛苦地搬運木雕。」

「我偶然間發現，那木雕是空心的。上禮拜因為裡面塞了東西，所以才需要好幾個大漢吃力抬起。可是後來東西應該都拿出來了，所以老闆娘一個弱女子也能輕易搬動。

「我想請問的是，那木雕裡裝了什麼？是什麼東西你們要千里迢迢運回來還不能被發現？」

老闆娘臉色頓時變得相當難看，什麼話也沒說，只是定定看著死鬼。

「其實我們看到的時候，你們不是把東西從國外運回來，而是正要運出去。」

死鬼露出個奸險的笑，一字一字緩緩地說：「你們以為裝在藝術品裡就能萬無一失，可是我的狗發現了。牠上禮拜來時就相當異常，我只是以為牠害怕那些詭異的擺設。但我突然想到，說不定牠不是看到害怕的東西，而是聞到了什麼讓牠警惕的味道。」

死鬼伸長了雙腿，腳邊正好就是那個柬埔寨木雕。

「我沒跟妳提過吧？關於007之前是做什麼的。雖然牠已經退休了，但牠之前可是隻了不起的海關緝毒犬。」

死鬼說完，用力地踢倒了木雕。就像骨牌效應一樣，走廊上一整排的物體都應聲倒地。前面幾個直接承受死鬼力道的雕像，嘩啦嘩啦碎了滿地，我這才看出，那些東西全部都是空心的。

「這些木雕是你們要運到山下溫泉街的商店裡的，我在數間店裡看到類似的木雖，山腳的溫泉街商店應該幾乎淪落成你們毒品的集散地。難怪警方調查不出所以然，因為所有人都是共犯！」

老闆娘汗如雨下，臉部扭曲，看起來快歇斯底里了。

死鬼看著他們，毫無畏懼。「你們這裡打著溫泉旅館的幌子，其實是製造安非他命的工廠，所有的員工都參與其中。我想你們一開始選擇建造在這裡，是認為火山的硫磺味可以蓋過製毒時的惡臭，對吧？」

老闆臉孔變得相當凶惡：「你連這也知道？小鬼，你到底是什麼來頭？」

「他是高中生偵探、是祕密特工啦！專門來抓你們這些王八蛋！」我在一旁大罵。

「至於死在這裡的女記者，我想她只是捲入這無妄之災。她第一天闖入廢棄的工業園區，遇到三個男人意圖入侵工廠行竊。然而他們並不是行竊，而是要將原料運到這裡，她看到的那些桶子，裡頭裝的應該是甲苯和丙酮等製毒原料。」死鬼自顧自地說，對於老闆身上的殺氣無動於衷。

「我想，你們是用了難度較高的製法，這樣可以製出更高純度且更大量的晶體。這些材料雖然列入管制，但你們只要有強大的後援，原料都不是問題。」

老闆娘一臉驚慌地扯著老闆的衣袖，老闆目不轉睛盯著死鬼道：「你怎麼知道？」

死鬼冷笑說：「我上星期回去之後就被跟蹤了，後來去了一趟警局便受到生命威脅。我想應該是小百合小姐跟你們報告我對於這案子的不尋常關心，所以組織那裡派人監視我。看到我和警方連繫後擔心我透露情報，所以才作出警告。」

我忙不迭跟死鬼說：「喂，你不要全部說出來，要是激怒他們的話就完了，你沒看到那老闆的臉比鍋底還黑嗎？」

「青道幫的毒品市場越來越大，早期他們透過進口，但最近海關查緝嚴格，我早就懷疑他們自行製毒。剛剛運下去的那幾車子重裝武力保護的木箱，裡頭裝的就是交給青道幫的貨。」

死鬼像是上癮一般，有恃無恐滔滔不絕地講。我在一旁乾著急，在電影裡話多的角色通常死得最快，這道理死鬼應該也知道啊！

「女記者撞見你們的原料儲存地後，你們擔心她報警所以不敢下手，只把原料移走以便警方追查。而後來你們確認了她並未報警，還在偶然間發現了製毒工廠還拍下照片。雖然她不曉得這裡是什麼地方，但為了杜絕後患，你們便殺了她偽裝成是吸毒恍惚而溺死。」

「這一切都是她的錯！」我們看著她，老闆娘哽咽著道：「我們也沒存心要害她，是她那天回旅館時興沖沖地拿她拍的照片給我看，還提到山上很奇怪，竟然還有通電鐵絲網牆。雖然她還不知道，但她畢竟是記者，要是興致一來想調查，我們的辛苦經營就毀於一旦了，所以……」

死鬼冷冷道：「所以你們就殺了她。」

「那天晚上，」老闆接著說，聲音聽起來是不同以往的低沉森冷，「他們一群人去大浴池泡溫泉，我們先假裝詢問他們要喝什麼酒再送去給他們。而恰巧他們四人喝的都不一樣，我就在那女記者的酒瓶裡注射了K他命。」

「果然。」死鬼笑道。

「其他人走了之後，那記者已經神智不清了，我們放她留在那邊，果不其然，她自己便溺死了。我們在她房間裡製造吸毒的痕跡，沒想到警方來了之後，查出她本身就有吸毒的習慣，讓我們輕易地洗脫嫌疑了。」

聽到他們如此冷血地殺害了一個毫不知情的人，我只覺得心裡真是涼到底了，從他們的說辭聽起來，對於製毒或是殺人根本沒有半點悔意。

過去對於青道幫，我的印象僅止於他們是害死死鬼的凶手，而現在一想起有無數人為了他們所販售製造的毒品而喪命，我開始可以理解死鬼為何不惜犧牲生命也想將他們繩之於法，這種同仇敵愾的心情正越發高漲。

我猛然感覺到一陣寒意，忙轉頭尋找這不好的感覺是哪來的，只見女鬼低著頭喃喃自語，身上散發出森冷的寒意。

她忽地抬起頭，臉上已不復以往的嬌美可人，取而代之的是充滿憤怒的扭曲。

我還來不及為了她超神速的變臉技術喝采，就看見她衝上前去，一下子就將老闆夫婦兩人撞倒在地。

夫婦倆還正因為這看不到的力量慌張失措時，建築物開始震動，窗戶和屋內的東西劇烈搖晃，頻率越來越快，然後全部碎裂，尖銳的玻璃四射，將室內的擺設切割得亂七八糟。

我趕緊衝到死鬼身邊，他的手臂多出了一條劃傷的口子，血珠一顆顆冒出來。

「冷靜一點！」我對著女鬼大叫。

女鬼的頭髮就像是有生命般在她背後舞動，她尖叫著，手緊緊勒在老闆的脖子上。老闆娘在一旁慌忙想要救自己的老公，但只能看著她老公脖子上越來越深的凹陷而束手無策。

「快住手，妳要是殺了人，會永遠在地獄中受苦的！」

我衝到女鬼身旁想拉開她，但她像發瘋似地什麼也聽不到，眼睛瞪得都暴出來了，直勾勾盯著快被她掐死的老闆。我去拉她的手，反被她扔出去，她暴露在外的肌膚都布滿了青筋。

這時候只慶幸我還沒本事惹到她變這樣，否則早不知道死幾次了。

死鬼不斷閃躲著空中飛來飛去的碎片，但他被綁著，移動範圍有限，衣服都被劃出一道道破洞。

「快想辦法阻止她，否則你的身體也會遭殃！」死鬼吼著。

「拜託！」我苦著臉一邊從背後抱住女鬼，「她現在這樣子，等一下就換我被掐死了！」

眼看老闆已經開始翻白眼，我十萬火急之下突然靈光一閃，偷偷瞄了死鬼一眼。

死鬼見我不懷好意的眼神，正要出聲制止我，我趕緊抱緊女鬼死命大吼：「死鬼說要跟妳約會——！」

瞬間，一切都停滯了。我感覺到女鬼的身體放鬆下來，然後在空中飛散的碎片紛紛跌落地面。

女鬼掙扎了一下，我趕緊放手。

她緩緩地轉過頭來，原本掐在老闆脖子上的手撥了撥垂到眼前的凌亂頭髮，底下鐵青色的臉孔浮現滿滿的驚喜，眼睛突出說道：「真的嗎？」

這張看了會讓人活活嚇死的臉，距我的鼻間不過數公分。我忍著想要尖叫的恐懼，吞吞口水、結結巴巴地說：「對、對啊。那個……妳不要先去化個妝，難道妳想這樣去約會嗎？」

女鬼這時才如夢初醒，愣了愣之後連忙舉起手用浴衣袖子遮住臉，咯咯笑道：「討厭，被你們看到不好的樣子了，等我一下。」

我鬆了口氣，幸好女鬼很好糊弄，不然她這樣搞下去，整棟建築物都要垮了。我瞟瞟死鬼，他正面色不善地盯著我。

我心下一驚，丟了個爛攤子給他，他一定會報復我的。

「沒辦法，事出突然，我只想得到這種辦法。」我趕緊脫罪，「要不然你要我去親她一下嗎？就像寧采臣對付妖怪青風那樣，親完我也噁心死了。」

「跟你親才噁咧！」女鬼的聲音從背後傳來，「要親人家也要帥哥親！」

女鬼已經快速化完妝了，臉蛋白裡透紅，和剛剛的鬼樣子簡直連結不起來。女人真是了不起，我在心裡由衷讚嘆。

老闆兀自躺在地上，咳了半天還沒喘過氣來，看來女鬼剛剛真的是放大絕了。

「喂，妳剛剛一暴怒就可以碰到東西了耶。」

我摸索著綁住死鬼雙手的繩子，在心裡想著令人生氣的事，例如空軍一號被人刮了，或是賤狗吃了我的飯之類的，嘗試實體化，不過還是啥都碰不到，還被那怪繩子給燙了一下。

「你真沒用。」女鬼嗤笑道，「閃開，讓專業的來！」

女鬼在死鬼背後試了老半天，她的暴怒絕技卻遲遲無法發揮。「咦，真奇怪，為什麼現在碰不到呢？」

我正想開口酸她時，突然有個東西鋪天蓋地罩了下來。我被那東西壓得倒在地上動彈不得，而且身體接觸到的地方就像被熱水燙到一樣疼痛。

女鬼也被蓋住了，正發出痛苦的聲音哭著。罩著我們的，是一張粗麻繩編的網子，和綁著死鬼的繩子一樣呈暗褐色。

「可惡！這到底是什麼？」死鬼奮力地伸長雙腿想去勾網子，但無奈總是差這麼一截。

「沒想到這真的有用……」老闆娘的聲音傳來。她一臉驚愕地看著我和女鬼的方向，不曉得她能否看見我們的本體。

「這是編入人髮、浸了雞血，並請法師加持過的繩網，我只是當它稀奇擺著裝飾，沒想到真的能抓鬼。」

老闆從地上坐起，呼吸已經平緩下來，正猙獰地對著死鬼笑。「現在你們是插翅也難飛了，只要除掉你們，我們的祕密就可以繼續維持下去。」

女鬼的哭聲一聲聲傳進我耳裡，我咬牙顫巍巍地爬起，手腳並用地爬到她身邊。

至少要保護她，要不我這男人也太沒用了。

我試著用手將網子抓離她身上，那繩子簡直像烙鐵一樣，深深陷入我的手掌裡，產生刺骨般的疼痛。

「住手！別去抓，你想廢掉你的手嗎?!」死鬼在一旁大喊。

「我、我當然不想，但身為一個男人我怎麼……」我已經痛得無法說話了。

老闆抓過一把漆得血紅的木劍，搖搖晃晃地站起來。

「就先解決這鬼，再解決你！」

他說完，便眼神狠戾地朝我和女鬼走過來。

完了！要殺人滅口了！

我不斷掙扎著想弄開網子，但無論如何用力都功虧一簣，那網子燙得讓我無法久抓。

我努力想集中精神，看能否出現奇蹟，說不定我突然就能實體化，然後帥氣地站起，一把撕爛那破網。可是這時心亂如麻，腦子裡亂七八糟，根本沒辦法集中。

我轉頭向死鬼求救，只希望他能在這千鈞一髮時想出好法子。

忽地，死鬼臉上慢慢綻出個燦爛的微笑，帶著幾分狡詐和算計：「你們沒聽到嗎？那宣判你們命運的槌聲。」

什麼？

我和老闆都愣了一下。隨即，一聲巨響傳來，嚇得我全身一個激靈。

「砰！」

那聲音又傳來，我往聲音來源看去，只見旅館大門口的鐵門明顯出現變形，彷彿有外力從外推撞。

「砰！」

第三聲響起時，門狠狠應聲而開。

我們目瞪口呆地看著，那威風凜凜站在門口的身影竟是……賤狗！牠以英雄之姿出現，目光如電，連鬆垮的皮這時都看起來像是超級英雄的披風。

牠是生化改造狗還是魔鬼終結者啊?!那扇門是金屬製的耶!

賤狗對著老闆瘋狂咆哮，露出滿口利牙，口水流個不停。

老闆倒沒有很害怕的樣子，只是對著我們的木劍轉向了賤狗。在那一瞬間，賤狗撲上了老闆，將那猩猩般壯碩的大塊頭一下子撲倒在地上，兩隻生物展開了纏鬥。而老闆娘早就嚇到腿軟了，癱在一旁不住發抖。

木劍掉在地上，死鬼伸腳夾住，然後輕輕一帶便將罩著我和女鬼的網子勾開了。網子離開的刹那，所有的疼痛也一併消失，我們身上乾乾淨淨，什麼也沒留下。

我扶起女鬼，她猶自驚魂未定地哽咽著。

「喂，沒事了，妳別哭了。」我笨拙地安慰她。

「我……我要宰了那些傢伙！」

女鬼的臉上又浮現暴走的綠色，我一邊訝異於她的情緒轉換之快，一邊抓住她阻止道：「賤狗已經在幫妳報仇了啦，妳要是也參一腳，就算是酷斯拉也會被你們搞死！」

我回到戰場上，看著眼前的動物奇觀，思考著要下什麼樣的標題才好……異形戰場嗎？還是瘋狂惡犬大戰金剛？不過，賤狗出現還真讓我鬆了口氣，雖然討厭牠，但我不得不承認在這時候牠是挺有幫助的。

「喂，死鬼。」我蹲在他旁邊，「你怎麼知道賤狗來了啊？」

他的雙手已經自由了，我看他手裡握著一塊尖銳的碎玻璃，割斷的束線帶躺在一旁，他現在正割著身上的繩子。

死鬼一臉悠哉：「心電感應吧？」

我露出厭惡的樣子道：「真是噁心，你一定早就知道賤狗在外面才這樣子吧？我還想說這次真的要到黃泉相見了。」

「你放心，雖然被你的身體拖累，但我還有一定的判斷力。」死鬼輕蔑地笑道。

「神經……」

我話還沒說完，一個影子進入我的視線。

老闆娘拿著繩子，猛然勒住死鬼的脖子，力道之大連她手臂和臉上都浮出青筋，完全不復之前溫婉怯懦的樣子。

「賤狗！」

我連忙轉身叫賤狗，但牠正咬著老闆的手臂，而老闆的另一隻手緊緊扣著牠的脖子，根本動彈不得。

女鬼想去拉老闆娘，卻依然撲了個空。

死鬼連聲音都發不出來，面色漲得通紅，他一隻手去抓繩子，但那繩子已深深陷入脖子裡，而死鬼用的又是我力量不足的身體，什麼動作都是徒勞。

「死鬼，快出來！否則你也會死的！」我努力拽著他，希望能將他從身體裡拖出來。

死鬼雙手抓著繩子，拼命地掙扎，綁著他的繩子早已斷裂，但我使盡吃奶力氣也無法將死鬼的本體拉出一絲一毫。

我抬頭對上他的視線，他緊皺的眉頭讓我想起他之前曾說過，他在我的身體裡就有責任保護我，如果身體沒有魂魄在其中支撐，在這種情況下肉體可能會死。

依老闆娘的用力程度，大概死鬼離開身體的瞬間，我的頸骨就會硬生生挫斷。所以他現在不出來是為了……

我腦海中浮現上一次死鬼離開我的樣子，那種椎心之痛我不想再嚐一遍。我怎麼能眼睜睜看著他再次死去、再度離開呢？我不由得後悔著剛剛嘲笑死鬼說的話像遺言，結果現在一語成讖了。

苦。

這時，我腦中只剩下一個念頭：拜託，讓我回去吧！不要再讓死鬼承受死去的痛

像是回應我的企盼一樣，我眼前閃了一下。

這種感覺我說不出來，就像是身體分裂了，一個是我，另一個是陷入危險的我。

剛剛瞬間的畫面應該是在地上的死鬼的視界。

我再次以前所未有的專注祈禱著讓我回去我的身體。

然後一陣天旋地轉，眼前忽然一片朦朧，最強烈的感覺是脖子上的疼痛和不能呼吸的窒息感。時間的流動似乎緩慢下來，我能感覺到我的靈魂與身體之間，有著無數的斷開的連結，而那連結逐漸相扣，讓我的靈魂與身體融合。

視神經開始作用，我看到死鬼……以他久違的自己的姿態向我撲過來，臉上的表情我已經看不清楚了……

PHANTOM

Epilogue

尾聲

AGENT

我聽到煩人的嘈雜聲，忍不住咒罵那些人的祖宗，拜託讓我好好睡個覺行不行！

我翻了個身，想拿枕頭蓋住頭，結果一動就感覺到陣刺痛從手臂上傳來，而枕頭也不是我睡慣的蓬鬆羽毛枕，扁扁硬硬的還有股怪味。我猛然睜開眼睛，突如其來的光線照射進瞳孔裡，亮得無法忍受。我又閉上眼，努力地縮小瞳孔以適應環境。

「他醒了！他剛剛睜開眼睛了！」

一個聲音大呼小叫，是一個我永遠也不會忘的聲音——老爸！

「吵死了老頭子，別吵我。」

我睜開眼睛就看到老爸滿是橫肉的臉和地中海禿，還真是慶幸我從小看習慣了，要是睡到一半看到他的臉一定會嚇死！

「臭小子！你竟然對好久不見的老子這種態度！我看是太久沒修理你了。」

老頭子邊說邊捲起袖子，被一旁的羅祕書制止住了。

我忍著脖子的僵痛抬起頭，四周這種裝潢擺設怎麼看都像醫院。

奇怪，我怎麼會在醫院……

「你這死囝仔搞什麼鬼！好端端地又和販毒集團扯上關係還差點被宰了，看我不打死你！」

羅祕書架著暴跳如雷的老爸，我只覺得一頭霧水，什麼販毒集團？

這時，我看到我床邊還站著一個高大的男人。他長得甚是好看，但臉色蒼白憔悴，八成一個月沒睡過覺了。

我的目光與他接觸時，他臉上牽起個溫暖的笑容，讓他的臉看起來更具魅力。

他微笑著說：「你沒事吧？睡得真久，我總算了解為什麼你變成靈魂還這麼會睡。不過，你父親雖然跟你長得不像，脾氣倒是同一個模子印出來的。」

我愣愣看著那人，心中湧起一股熟悉的感覺……「死鬼？」

他握住我的手，見我一臉狐疑，他解釋道：「那些人已經移送法辦了。我從你的身體出來後便制伏了在場的人，然後我們就直接到山下報警。」

我實在不敢想像死鬼是用什麼方式「顯靈」的。

「你則是暫時性缺氧，所以昏迷了幾天，沒什麼大礙。」

我瞥見老爸驚疑不定的模樣，才想起他們應該都看不到死鬼。

「那、那個……」我絞盡腦汁想找個好理由解釋。

「羅祕書，快叫醫生來！這小子一定是撞壞腦子了！」老爸淒厲地說。

我想這時候解釋只是越描越黑，乾脆頭一歪，假裝昏睡過去。等他們匆忙地去找醫生理論時，我才睜眼問死鬼道：「那三八咧？投胎囉？」

突然一陣涼意，接著我就看到女鬼從死鬼背後冒出頭來。

「你這查某還在喔?!」我當下脫口而出。

「你說什麼！人家很擔心你耶，臭蒙古斑小鬼！」女鬼罵道，不過臉上是濃濃的笑意。

「就我所知，老闆已經招供了，包括他們的製毒工廠以及員工。不過他們堅持和青道幫無關，而那天從旅館運出的毒品也不知下落，一切都還在調查中。」死鬼補充。

「剛剛人家還看到了錢嫂他們，警察要重問詳細證詞。那個老闆娘啊，嚇得皮皮剉，一直說人家作祟什麼的，承認是他們合謀害了人家。」女鬼樂不可支地說，「人家跟你說喔，你到時候要記得說，這些都是人家的功勞，說不定人家死後還可以拿個獎上報呢。」

「妳可以放心。」我向女鬼打包票：「我絕對不會貪功。這可是砸了青道幫的場子，我才不敢大聲嚷嚷說是我發現的咧。」

「那就好，人家還擔心你和那隻笨狗會搶了我的功勞。」女鬼嘟著嘴說。

「拜託，妳的擔心也未免太多餘了。就算要表揚也會表揚我啊，總不可能在警政署的典禮上叫隻狗上臺領獎吧？」我不屑地說。

我才講完，突然眼角閃過一坨棕色的東西，還伴隨著吼嚕嚕的聲音，一下子就衝到我床旁。還來不及思考那是啥東西，我反射性地將垂在病床兩側的手火速縮回來。

……那不祥的東西果然是賤狗！

牠撲了個空，正張牙舞爪地怒瞪著我。我抱著手臂縮到床的另一邊，邊防備賤狗發動攻擊，邊對著死鬼大叫：「這賤狗怎麼在這？這裡是醫院，不是獸醫院耶！」

「既然你在這裡，所以007在這裡也是很平常的。」

死鬼面無表情說，「你住院太久了，我不放心讓牠一個人待在家裡，畢竟青道幫之前還在追殺你，所以我就……」

「所以你就把牠帶來了。」我軟弱無力地接話。

「好了啦，別管他了，我們去玩吧！」女鬼拉著死鬼，花痴地說。

「不是已經陪妳回家看過了？」死鬼皺眉道。

「那不算啦，約會應該去看電影、吃飯然後看夜景啊！」

我酸溜溜道：「妳這查某，以妳的身分應該是去偷窺、吸收日月精華然後去『夜總會』吧？」

死鬼露出贊同的表情。

女鬼看看我們，嗔怒道：「討厭，你們真是沒情調，不去就不去！」

「是啊，等我出院後，妳、死鬼、我和賤狗再一起去玩吧。」我賊笑著說，打定主意要破壞她和死鬼的約會。

「誰要你們兩個大電燈泡跟來！算了，人家就知道你們一定是故意來阻撓我們的感情發展的。」女鬼生氣地說，「既然現在你醒了，帥哥也和人家約過會，人家該走了，反正到了天堂有的是帥哥！」

驀地，一道白光照射下來，打在女鬼身上。白色溫暖的光溶在她周圍，空氣中還飄著金色的光粒子。

女鬼一臉著迷地看著上方，說道：「這就是人家想像中上天堂的樣子，會有小天使來接我嗎？」

我一臉狐疑看著死鬼，他皺著眉頭也不知是怎麼回事。

這時，音樂聲緩緩響起，有幾個物體沿著光柱飄下來。我定睛一看，竟然是一堆矮擱肥擱短的小孩子。

他們長得一模一樣，沒穿衣服，背後長著疑似翅膀的東西拍個不停，頭上都頂著金色的光環。一個吹著不知道是喇叭還是嗩吶的樂器，一個拿著小籃子撒著花瓣，另一個微笑看著女鬼……為什麼都是金髮碧眼的老外小鬼啊？

女鬼一臉感動，眼眶含淚看著我和死鬼：「謝謝你們，你們查出了人家的死因，讓人家沉冤得雪。現在，人家要回去屬於我的地方了！請你們幫我向錢嫂、毛毛和小喬說一聲，我永遠愛他們！」

說完瞬間，女鬼開始往下沉，那幾個小天使也慢慢沉了下去……

奇怪，他們一開始不是從上面降下來的嗎？說來說去，演了這麼久，那女鬼也是要去陰間報到嘛！

女鬼面帶微笑向我們揮著手。瞬間，那些東西都消失了，花瓣和小天使都無影無蹤，徒留在原地目瞪口呆的我們。

良久，我才終於能開口：「為什麼那女人會用這麼特別的方式去報到啊?!」

死鬼思索道：「我想，可能是因為拖太久了，鬼差特別給她優待讓她以想要的方式……上天堂。」

簡直是詐欺嘛！那三八要是下去之後看到那些牛鬼蛇神的真面目，八成會暴走。

「對了，忘記跟你們說……」

女鬼的聲音忽地冒出，不過我們只聞其聲、不見其人。

「妳還有事要交代嗎？我一定會幫妳做到。」我對空中說著，心中有一絲不捨與遺憾。

雖然老是三八三八地叫，但女鬼也跟我們一起相處了很久，現在知道她終於可以安心投胎了，我也由衷地感到欣慰。

「祝你們幸福，雖然人鬼殊途，但人家相信你們一定可以排除萬難、白頭偕老，呵呵……」

女鬼的聲音越來越遠，直至消失，病房裡恢復了原有的安靜，留下我和死鬼面面相覷。

「……」

「……」

「喂！妳誤會了，快回來啊——！」

——《Phantom Agent 幽靈代理人02》完

PHANTOM

Sidestory

番外

AGENT

我十七年的人生終於在今天邁入一個新的里程碑，縱使過去活得渾渾噩噩，但從今以後，我就不再是從前那個我了！

活了這麼大歲數終於了解過去的人生中所欠缺的，是一種對未來的希望和衝勁。如今，我已經找了驅使我迎向光明前程的動力。

我看著手機螢幕，雙手發顫幾乎拿不住這個小東西。

螢幕上顯示著聊天軟體的介面，最下方的對話框裡幾個簡單的字摧毀了我過去的人生。

你要不要當我的男朋友？^_^

……是的，我十七年沒有女朋友的人生即將劃上句點。

我看著手機，並未立即回覆。

太快回覆會顯得猴急和可悲，應該要吊吊胃口，讓她在另一旁感到焦慮緊張，然後在她即將放棄的剎那，螢幕上會看到我平淡簡單的回覆：好啊。短短的兩個字就會讓她心花怒放。

「喔，看不出你還挺有一套。」

我連忙將手機翻過來，回頭罵道：「你竟然偷窺！這是侵犯隱私你知道嗎?!」

站在我背後的是死鬼，他光天化日之下站在我的空軍一號後頭，看起來就像個無聊大叔一樣，只是能看到他的只有我。

他聳聳肩，不以為然道：「我看到你的表情就能猜出七八成。」

我歪了歪嘴，邊走進大門敷衍道：「是啊，就你最行。別說了，讓你瞧瞧本大爺我的魅力無法擋，莫名其妙都有人跟我告白。」

和他並肩走進電梯，我淫笑著滑開手機，讓死鬼看我和那女生的對話。

「看吧，這女生是我國中同學，畢業之後都沒見過面，但我們一直都有聯絡，上網聊聊近況啥的。」

死鬼俯身細看，我用手遮住電梯間燈光讓他看清楚。

他點點頭，讚賞道：「這個女生的頭像看起來挺清秀乖巧，配你太可惜了。」

電梯門打開，我步出電梯拿出鑰匙開門，這期間都沒讓雙眼離開手機螢幕。

「畢業之後她先開始找我聊天，本來還有個群組，後來就變成兩個人私下聊。其實我一直覺得她有點喜歡我，不是我自戀喔，真的感覺得出來。我也挺喜歡她的，但找不到機會說出口。沒想到她竟然先說了……科科。」

我把書包隨手丟在地上，跳上床躺著看我們過往的聊天紀錄。

她用了很多表情符號和可愛的貼圖，現在看來她應該暗示了我許久，但我竟沒發現她的弦外之音。

死鬼坐在電視機前我打WiiU坐的懶骨頭上，一手托著臉頰，興味盎然地道：「想必是因為你太遲鈍了，所以她才下定決心主動開口，對她來說應該很不容易。」

我看向死鬼，狐疑道：「你怎麼懂女高中生的心理？還真有點噁心。」

他搖頭，嘴角浮起淡淡的笑容。「我很了解女性的想法……或者說我對於人性了解得非常透澈。」

我對死鬼的了解也非常透澈，對於他炫耀自誇時最好的應對方式就是不理他。

「我終於交到女朋友啦！」

我看著手機興奮地道。「本以為高中念男校肯定要孤獨三年，至少等念大學才有機會擺脫單身。沒想到命中注定的人就在燈火闌珊處……我怎麼沒早點發現呢？對了，Facebook的狀態終於可以改了，不過還先不要說我的交往對象是她，我怕她會害羞。」

死鬼的手指頭在腿上敲了幾下，問道：「這個女孩子是怎麼樣的人？」

回想起往事，我不禁笑了出來。

「她人緣很好，跟男生也玩在一起，可是卻不會男人婆，笑起來還是挺可愛的。她都綁著馬尾，走路的時候從背後看，馬尾甩來甩去的，超──可愛！」

死鬼也笑了，雙手交叉在頭後方往後仰躺：「聽起來是個很不錯的女生。」

我將手機拿近，仔細看著她在FB上貼的照片。

「這麼久沒見了，不知道她現在什麼樣子……啊，她的頭像好像就是最近拍的照片。天啊，這年頭還找得到清純可愛的女生嗎？她自拍時甚至都不會故意由上往下取景把臉拍得很小，而且也沒用修圖軟體！」

瀏覽她的FB文章，我赫然發現她偶爾提及暗戀的人，從內容看來，真的是我！

「好家在我的頭像沒放奇怪的照片。」

我慶幸道，「死鬼，我決定以後聽你的話，不會再弄奇怪的髮型了。畢竟我現在是有女朋友的人，總不能太標新立異讓她難堪。」

死鬼一臉驚詫：「你為了女朋友不再堅持了？看來她對你的意義並不只是想擺脫單身那麼膚淺。」

「嘿嘿，我真的挺喜歡她。明知道我讀了這麼個爛學校，她也沒有把我當害蟲看。」

我赫然想起自己PO在網路上的不當貼文，罵老師罵學校罵社會的那些粗俗言論得趕緊刪除。

一條一條刪去我在網路上的足跡，心中充盈著前所未有的愉悅。

神啊，我由衷感激祢！

現在肯定是我人生最幸福的時刻了！

到了學校，我立即將這個好消息告知我的死黨們，果不其然遭到排山倒海的抗議聲浪。除了阿屌，其他人都擺出義憤填膺的模樣。

「處決吧，沒有其他方法。」胖子怒氣沖沖地道。

我奸笑著道：「不好意思，各位。我要宣告……至少在今年年底前上三壘！」

胖子小高菜糠三人圍著我拳打腳踢，阿屌在一旁冷靜地道：「真沒志氣，不過我覺得就你們兩個的進度來看，在年底前要是能親一下就很了不起了。畢竟你們傳訊息傳了一年多才在一起。」

「所以我會在即將到來的七夕一下子拉近距離。」我胸有成竹地說。「電影、晚餐、夜景，這種約會安排屢試不爽。」

在我們幾人當中交過女朋友的阿屌和交過男朋友的菜糠立即表示贊同。眾人忙著幫我出主意，找出第一次度過情人節適合看的電影和不太貴的餐廳。

「要不要直接訂飯店啊？現在也很流行在高級飯店套房吃晚餐看夜景。」菜糠歪著頭道。

氣氛一下子冷卻，大家面面相覷，我想他們也一定認為菜糠說出了心裡話。

我當然也想過菜糠的做法，但那對我和她來說還太早了些，兩個春心萌動的高中生一晚上待在有床的房間裡……想歸想，我還沒有勇氣這樣做，但直接否決菜糠的提議好像會顯得很像處男。

默默當個旁觀者的死鬼倒是完全摸透了我的心思，一臉忍著笑的欠揍模樣。

為了避免沉默太久，我連忙道：「那個，太貴了啦！我哪出得起高級飯店套房一晚的價格啊？」

胖子理解我的想法，也打圓場說：「就是啊，這是適合社會人士的方法，對咱們高中生來說太不入流啦！」

小高點頭如搗蒜：「對啊，你別出餿主意啦！約會的浪漫就在於有限的預算裡達到最完美的效果啊！花錢買氣氛有啥特別的！」

阿屌撫著下巴，沉思道：「其實雙方都已十七歲了，這個方法也不是不行……」

「阿屌！從現在開始禁止你說話！」

上了一天課後就到了週末，我忙著打電話預約餐廳以備半個月後的七夕情人節，上網查詢院線的情人節檔期有啥可看的片。據菜糠所說，最好要找像《手札情緣》一樣的片，男生看不下去但沒有一個女生不愛。

接著便是準備情人節禮物。這是第一次的禮物，不需要太貴但一定要能讓人印象深刻，花束我不考慮，保值期短又太貴，情人節時的一束玫瑰花足夠我吃一個月了。

我從早上開始思考，到了下午也毫無頭緒，最後變成躺在懶骨頭上盯著天花板的汙漬發呆。

「呃喔……到底該怎麼辦啊……」我將衣服後領拉到頭上，只讓臉露出領口，假裝自己穿著太空衣正在距離地球幾光年外的其他星系，那個星系絕對沒有情人節這麼讓人寢食不安的節日。

死鬼出現在我的視線範圍內，看著軟癱在地上的我，他的表情就像是看著一坨屎似的。

「現在不接受任何採訪。」我沒好氣說。

他在我身邊屈膝蹲下，無奈道：「你想太多了。我想就算你送了不合適的禮物，她也不會介意的。基本上她喜歡你這件事就很匪夷所思……」

我正想幹譙幾句，忽地想起我身旁這位不就是個把妹大師?!話是蟲哥說的，當然他自己從沒承認過，但我想死鬼一定有獨門絕招。

「你以前都送女朋友啥東西?快說來聽聽。」

「你買不起的。」死鬼嚴肅道。

我不耐煩打斷他：「高中的時候呢?你那時候總不可能送很貴的東西吧?」

「高中時我沒交女朋友。」

我悚然一驚。死鬼高中時竟然沒交過女朋友，那不就代表……我贏了?!

我忍不住站起身，保持著整個頭部只有臉露出來的造型，幻想自己正在探索一顆新發現的星球，死鬼就是星球上還未開化的連情人節都不知道的原始動物。

見我手舞足蹈，他也忍俊不禁，站起身道：「總而言之，現在還不急著買禮物，你應該要更了解她之後再挑選適合的。」

我做了個鬼臉，擠眉弄眼地道：「我沒必要聽你說的話，你交女朋友比我還晚咧！

科科。」

死鬼無奈道：「就隨你的意思，我想你們這年紀有自己的相處之道。」

不僅結束了沒女朋友的生涯，還第一次讓死鬼對我低頭認輸！現在的我絕對是人生勝利組！

星期天我早上出門到熱鬧的商圈挑選禮物，縱使周圍的人成雙成對，我看起來形單影隻，但我毫不以為意。不久後，我也會牽著她的手穿梭在行人當中，陪她逛遍所有的店……聽起來有些痛苦，但我甘之如飴。

而且真要說起來，我也不是一個人。

「如果你覺得女生會喜歡那件桃紅色的外套，那你真是大錯特錯了。」死鬼在一旁指導著，「你應該送這條簡單的手鍊，表示適度的親暱又不會讓人覺得太有侵略性，而且價格你也負擔得起。」

他講得頭頭是道，但我覺得手鍊的設計太簡潔，高中女生肯定比較喜歡掛滿墜飾又閃亮的那種……吧？

死鬼從頭到尾不斷批評我的審美，而死鬼選的我又覺得不太妥當，搞得我什麼都沒買成。

「我知道了，真正重要的不是禮物的價值。」

突如其來的發言讓正閱讀書籍的死鬼愣了一會兒，然後問道：「是什麼讓你有感而發？」

徒勞無功回家之後，我坐在電腦桌前看了兩個小時的《手札情緣》，終於抓到重點。

我坐在旋轉椅上移動到死鬼旁邊，雖然疲勞但興奮不已。「與其選擇有錢人，女生更喜歡身材好、臉蛋帥的。不需要太有錢，衣食無虞就夠了。重要的是要讓她上街時能夠自豪介紹給別人的男朋友。」

死鬼沉默了半晌，道：「你下載錯片子了？」

我舉起食指搖了搖，嘖道：「與其花心思買她不一定會喜歡的禮物，還不如著重在成為她男朋友的我能否讓她感到驕傲。」

死鬼露出饒富興味的樣子：「你說說看。」

我拿起手機打開ＦＢ給死鬼看。「我參考她喜歡的明星，照那樣子穿衣服。我已經上網買了好幾套行頭，一定要讓她覺得有個帥氣的男朋友真是太好了。對了，我還得去剪頭髮……」

死鬼拿著手機對著我，一臉同情：「你認真的？她喜歡『美國隊長』，你還有很長的路要走。」

我抓起桌上的鑰匙，興沖沖道：「我出門了！」

在美容院花了四個小時染髮剪髮，還請髮型師傳授了如何將頭髮用髮蠟抓得帥氣有勁，我頂著嶄新俐落的髮型回家。

進門看到死鬼坐在我的電腦桌旁，他抬起頭，一臉不知道該說什麼的表情。

「怎樣，對我的髮型有意見？」我不爽道。

死鬼搖搖頭，神色詭異。「我想你應該看看這個。」

他的表現很反常，所以我知道一定出了大事，看到他拿著我的手機，連忙一個箭步衝上前去。

手機螢幕上是聊天軟體的畫面，最下方的對話框非常大，擠著滿滿的約上百個字。

我讀完之後，半晌都說不出話來。

死鬼雙手交叉在胸前，像是老師教訓學生似地道：「她何時跟你告白的？」

「……星期四下午五點十七分。」

「那麼今天星期幾？」

「……星期天。」

我坐倒在床上，愣愣地道：「整整三天，我竟然沒回覆她的訊息。」

我花了所有時間幻想該怎麼當一個男朋友和企劃半個月後的七夕，卻忘了回覆她說要交往的那條訊息?!

她剛傳了條訊息，就接在告白那條的下方，大意是這幾天我杳無音訊，她知道我並不是沒看到她的訊息，而是選擇不回應，所以她明白我的想法了，但是就算拒絕也應該給出答覆，沒想到我這麼討厭她，以後不會再連絡我云云。

搞砸了，徹底地搞砸了……為什麼聊天軟體要有「已讀」功能啊！我連忙傳新訊息向她道歉，表示我興奮得忘記回應。訊息傳出之後，我便看著螢幕痴痴地等著她的回覆。

過了一個多小時，螢幕上還是顯示她未讀訊息。這倒是很稀奇，她從來沒隔這麼久都不回訊，更何況現在是星期天晚上，沒有理由她這時候正在做啥讓她無暇分身的重要事情。

我猛然一個激靈，火速地進入App Store下載了個應用程式，照著說明一項項地操作。結果……

「她封鎖我了。」

死鬼蹙眉道：「打電話跟她解釋。」

我連忙找到通訊錄撥電話給她，直接轉入語音信箱。傳簡訊也毫無回應，想必她看也沒看就刪了。

我打開ＦＢ，見她發了一篇文章，說她暗戀的人在她告白之後將ＦＢ文章全刪了，還將感情狀態改成跟別人交往中，底下的回應紛紛說這是徹底的拒絕、那個男人很渣、妳值得更好的之類……

這下子我跳到黃河裡也洗不清了，不僅如此，ＦＢ的好友也被刪除了，其他的文章都無法顯示。她偏偏就只公開了這篇，因為她希望我看到。

現在這時候我再如何力挽狂瀾都顯得像是我不想承認自己是渣男。

我心如死灰，世界在腳下分崩離析。

這段感情讓我最意想不到的是，明明還沒開始就結束了，卻依舊讓人心碎。

我抬頭仰望天花板，忍住鼻酸的感覺道：「她和我在一起是不會有未來的，這是個正確的選擇。」

死鬼低頭用手遮著臉，肩膀聳動了幾下，半晌後才抬起頭嚴肅地道：「還有機會跟她解釋，你真的要放棄？」

我長嘆一聲，道：「已經逝去的感情再如何努力挽回，終究還是會破裂的。仔細想想，我和她根本是天差地別，她要去念大學，我能不能高中畢業都不知道。評論說得對，她值得比我好上一千倍的男人。」

我關上手機往後躺在床上，無法阻止自己些微哽咽的聲音：「死鬼，我決定和你一樣，在高中畢業前都不交女朋友了，我們一起當王老五吧。」

他發出悶笑聲，隨即忍不住大笑起來。

我納悶問道：「有啥好笑的？」

死鬼搖頭，狂笑而不答。

後來我仍打了幾通電話及傳訊息解釋，但就像是寄去參加抽獎的明信片一樣石沉大海，再也沒收到回音。

得知我的狀況的朋友們都表現出不同程度的高興，尤其是胖子那傢伙，為慶祝我的失戀還特地買了足夠炸掉一棟樓的煙火和好幾打的啤酒。

晚上我們在學校操場舉行儀式，一支支沖天炮乘載著我破碎的心飛向天際，然後炸開。

大家喝得醉醺醺地喧鬧著，不斷地點燃煙火。水泥地板散發著白天蓄積的熱能，觸手生溫，身上黏得膩人。死鬼坐在我身旁欣賞著夜空中璀璨的花火，很稀奇地並未阻止我喝酒。不過我倒是沒有藉酒消愁的心情，保持著腦袋清醒。

「反正學生情侶有九成到了大學都會分手，對吧？我記得之前看過相關報導。而且過了一年多，我們都已不是以前彼此熟悉的樣子，說不定她看到現在的我會很失望，所以她誤會我是負心漢也好，讓她記憶中的我保持在最帥的時期，這才是正確的選擇。」

我突然開始自我安慰，滔滔不絕地說個沒完。死鬼沉默地聽著，無論我如何自憐自艾或是故作堅強，他都沒打岔也沒試著開解我。

一口氣發洩完了之後我索性躺在地上，不顧胖子灑了一地的啤酒滲進衣服裡。

我明白死鬼認為我自己可以解決心裡的糾結矛盾，因此我相當感激，他平靜的眼神和展現出來的耐心就是最好的安慰。

在七夕即將來臨之際，我人生第一段戀情結束了。不過至少比死鬼強，他臭屁又自戀得要死，但高中時期能稱為戀情的關係都沒有，這個情報應該是我這次失戀的最大收穫。

心下舒坦多了，我看著天空道：「死鬼，我們回去吧。」

他站起身，扣起西裝釦子，彎腰抓住我的手將我拉了起來。

「走吧。」

——番外完

高寶書版集團
gobooks.com.tw

輕世代 FW190

Phantom Agent幽靈代理人02

作　　者　胡椒椒
繪　　者　フジワラカイ
編　　輯　林紓平
校　　對　林思妤
美術編輯　彭裕芳
排　　版　彭立瑋
企　　劃　陳煒翰

發 行 人　朱凱蕾
出　　版　英屬維京群島商高寶國際有限公司臺灣分公司
　　　　　Global Group Holdings, Ltd.
地　　址　臺北市內湖區洲子街88號3樓
網　　址　www.gobooks.com.tw
電　　話　(02) 27992788
電　　郵　readers@gobooks.com.tw（讀者服務部）
　　　　　pr@gobooks.com.tw（公關諮詢部）
傳　　真　出版部　(02) 27990909　行銷部 (02) 27993088
郵政劃撥　19394552
戶　　名　英屬維京群島商高寶國際有限公司臺灣分公司
發　　行　希代多媒體書版股份有限公司/Printed in Taiwan
初版日期　2016年5月
四刷日期　2017年11月

國家圖書館出版品預行編目(CIP)資料

Phantom Agent幽靈代理人 / 胡椒椒著.-- 初版. -- 臺北市：高寶國際, 2016.05-
冊；　公分. --

ISBN 978-986-361-278-0(第2冊：平裝)

857.7　　　105003971

三日月書版

三日月書版

GOBOOKS
& SITAK
GROUP©

GOBOOKS
& SITAK
GROUP©